CADA TEXTO RECUPERADO TEM SUA PRÓPRIA TEXTURA E TAMANHO. NÓS NUNCA SABEREMOS COMO OS LIVROS COMPLETOS ERAM DE FATO — ESSAS PÁGINAS SÃO TUDO O QUE RESTOU.

-LUKE

LIVRO DOS

SITH

SEGREDOS DO LADO NEGRO

PREFÁCIO

POR DARTH SIDIOUS

O IMPERADOR PALPATINE MANTEVE MUITOS SEGREDOS EM SEU DEPÓSITO EM WAYLAND, ENTRE ELES UMA CÂMARA QUE PERMANECEU INDETECTÁVEL ATÉ 24 D.B.Y. ATÉ AGORA, APENAS LEIA, MARA E EU SABEMOS A RESPEITO DESTE LIVRO. QUERO TER CERTEZA DE QUE NÃO É PERIGOSO ANTES DE COMPARTILHÁ-LO COM O CONSELHO HISTÓRICO.
-LUKE

PELO CONTEXTO, ACREDITO QUE PALPATINE TENHA REUNIDO ESTE VOLUME LOGO DEPOIS DE SE DECLARAR IMPERADOR, OU EM ALGUM MOMENTO POR VOLTA DE 19-18 A.B.Y.
-LUKE

Realizei o que Sith algum fez antes. Destruí os Jedi e subverti Coruscant. Sento-me no trono de um novo e invencível regime. Moldarei o grande Império Galáctico de acordo com o meu próprio projeto.

Os Sith têm sonhado com esse momento desde o princípio da história registrada. Eu não teria alcançado tal prêmio sem passar por cima daqueles que vieram antes. Explorar os fracassos alheios é o caminho dos Sith.

Desde os meus dias de jovem nobre em Naboo, muito antes de me juntar a Darth Plagueis e começar o meu aprendizado, reuni conhecimento sobre o lado negro. Essas cópias de tábuas Sith e pergaminhos rúnicos intraduzíveis foram cobiçadas e negociadas no mercado negro por cultistas, colecionadores e curadores de museus dispostos a desafiar o banimento, pela República, de artefatos Sith.

A INTELIGÊNCIA DA NOVA REPÚBLICA QUER REVISAR ESTE LIVRO E, COMO UM FAVOR A WEDGE E IELLA, EU CONCORDEI. NUMEREI AS PÁGINAS PARA REFERÊNCIA DA INR.
-LUKE

A mera existência dessa negociação ilícita confirma algumas verdades vitais: os Governantes procuram controlar a informação. Os poderosos farão de tudo para conservar o poder. E, se alguma coisa é proibida, é provável que seja algo que valha a pena saber.

Fazer esses artefatos passarem pelos oficiais da lei e para dentro dos meus domínios em Naboo me ensinou novas lições: os verdadeiros detentores de poder residem nas sombras. Créditos podem comprar qualquer coisa, mesmo conceitos intangíveis, como o acesso e o silêncio. É necessário mentir para alcançar qualquer coisa de valor. E um mentiroso com habilidade é quase impossível de ser detectado.

Embora minha experiência em adquirir os textos tenha me fornecido conhecimento prático sobre como tesouros e segredos passam de mão em mão, bem como as funções que os não sensíveis à Força desempenham para manter a galáxia funcionando, os verdadeiros tomos do lado negro aprofundaram meu conhecimento dos Sith ancestrais. Percebi que tinha as ferramentas necessárias para criar meu próprio sistema de poder, um que fundisse política contemporânea com os ideais Sith.

Sob a tutela de Darth Plagueis, herdei os Arquivos Sith — mais de mil anos de ensinamentos valiosos passaram em segredo de mestre para aprendiz.

Mas o que aprendi foi que apenas um punhado de figuras provocou, de fato, avanços na causa dos Sith. Então, defini como meu objetivo recuperar as escrituras mais famosas — não as revisões de cronistas mal-orientados que viveram centenas de anos depois delas, mas os pergaminhos que guardam as palavras originais e que foram registrados por suas próprias mãos. Com a queda do Templo Jedi, eu finalmente recuperei os últimos desses documentos, ainda que apenas fragmentos de cada um tenham sobrevivido aos séculos.

Juntas, essas páginas reúnem alguns dos primeiros Lordes Sith com aquele que deve ser o último. A voz de cada autor ecoa a era na qual ele ou ela detiveram o poder, mas a Ordem Sith evoluiu ao longo de sete mil anos. Os erros cometidos por meus predecessores não serão repetidos por mim. Seus triunfos não serão nada comparados à minha onipotência.

Na época em que escrevi essas palavras, eu esperava que meu Império tivesse alcance ilimitado. Ainda assim, preciso depender dos outros para cumprir minhas ordens. Com frequência, eles são tolos, se equivocam e me desapontam.

AS NOVAS VERDADES

Todo holocron que estudei e todo novo culto ao lado negro apenas reafirma os ensinamentos Sith contidos nesses textos. Mas Sorzus Syn, Darth Malgus, Darth Bane, Mãe Talzin e Darth Plagueis acreditavam em seus próprios dogmas rigorosamente. Se quaisquer deles tivessem se encontrado, descobririam que pouco tinham em comum.

Reuni as páginas recuperadas dos trabalhos desses grandes Lordes Sith em um volume. Essas relíquias são únicas e insubstituíveis — elas são o *Livro dos Sith.*

A crônica de Sorzus Syn sobre a ascensão do Império Sith é o texto mais antigo, com uma diferença de milhares de anos. Ela era uma Jedi Negra banida para o exílio após a guerra fracassada contra os Jedi. Syn era uma especialista excepcional na distorção da vida através da alquimia Sith. Os Jedi mantiveram essas páginas trancadas em seus Arquivos, mas eu as recuperei após o massacre no Templo. É lamentável que eu não tenha conseguido remover os rabiscos deixados nas margens pelos Mestres Jedi Yoda e Mace Windu enquanto o texto estava em posse deles.

Os trechos do diário de Darth Malgus, mantido durante a Grande Guerra Galáctica, há trinta e seis séculos, são um excelente exemplo de como um guerreiro ferido pode se sustentar na fúria.

Os Jedi Negros exilados chegaram ao Espaço Sith por volta de 7000 A.B.Y., seguindo a Escuridão de Cem Anos. Os escritos de Sorzus Syn parecem ter sido registrados em diversos pontos nos anos subsequentes. Os comentários de Yoda e Mace Windu são difíceis de situar, mas é muito provável que datem de antes da Batalha de Naboo, em 32 A.B.Y. -Luke

PELAS AFIRMAÇÕES FEITAS NO DIÁRIO, MALGUS PARECE TÊ-LO ESCRITO QUANDO A GRANDE GUERRA GALÁCTICA SE ENCAMINHAVA PARA O FINAL, PROVAVELMENTE APENAS UM OU DOIS ANOS ANTES DO SAQUE DE CORUSCANT, EM 3.653 A.B.Y. OS COMENTÁRIOS DO MEU PAI DEVEM TER SIDO FEITOS LOGO APÓS SUA TRANSFORMAÇÃO EM SERVO DO IMPERADOR.
-LUKE

A guerra foi um sucesso desenfreado para o Imperador Sith da era, e Malgus foi um de seus melhores soldados. Obtive esse texto muitas décadas atrás, de um vendedor de antiguidades, e o passei há pouco tempo para Darth Vader, para que ele talvez possa se inspirar.

A *Regra de Dois* de Darth Bane foi a pedra fundamental da Ordem Sith por séculos. A Batalha de Ruusan, há cerca de um milênio, teria acabado com a Ordem Sith se Darth Bane não a tivesse reconstituído como uma diarquia agindo nas sombras. Seus escritos se tornaram parte dos Arquivos Sith, passados de mestre para aprendiz por gerações. Durante as Guerras Clônicas, meu servo Conde Dookan apresentou o livro para o agente Jedi Quinlan Vos em um esforço malconcebido para seduzi-lo e corrompê-lo. O fracasso de Conde Dookan não é mais importante, já que meus clone troopers retificaram esse erro e eliminaram Vos enquanto conduziam a Ordem 66.

BANE SOBREVIVEU À BATALHA DE RUUSAN EM 1.000 A.B.Y. ESSE TEXTO DEVE TER SIDO REGISTRADO UMA DÉCADA DEPOIS, MAS ISSO É UMA CONJECTURA. NÃO SE SABE POR QUANTO TEMPO DARTH BANE VIVEU.
-LUKE

FELIZMENTE, O IMPERADOR PARECE TER SE ENGANADO SOBRE ISSO. LI RELATOS DE QUE QUINLAN VOS SOBREVIVEU E SE ESCONDEU DURANTE OS TEMPOS NEGROS.
-LUKE

A maior parte dos textos que recuperei foi escrita por Sith, mas *Poder Selvagem*, por Mãe Talzin, está relacionado com outro grupo do lado negro — as Nightsisters. Ainda que o texto de Talzin exponha sua reverência equivocada aos espíritos da natureza, ele possui um pragmatismo astuto admirável.

A CRONOLOGIA DAS GUERRAS CLÔNICAS É CONFUSA. MINHA PRECISÃO SÓ CHEGA AO NÍVEL DE AFIRMAR QUE OS ESCRITOS DE TALZIN E OS COMENTÁRIOS DE VENTRESS DATAM DO PERÍODO DESSE CONFLITO.
-LUKE

À medida que minha habilidade se aprofundou, percebi que as aplicações da Força são infinitas. Em seu devido tempo, esses três livros se tornarão as bases da minha coleção de volumes Compêndio do Lado Negro.

Os membros de seu clã Nightsisters se tornaram mercadores dos melhores mercenários do lado negro durante as Guerras Clônicas. Asajj Ventress, uma Nightsister de nascença que serviu a Conde Dookan até que eu ordenasse o contrário, parece ter adicionado seus comentários após retornar para Dathomir para se tornar mais uma vez membro da tribo. Um de meus Inquisidores recuperou esse livro enquanto fazia uma incursão ao planeta para capturar escravos sensíveis à Força.

Meu Mestre, Darth Plagueis, registrou suas próprias reflexões sobre o que acreditava ser a verdadeira natureza do lado negro. Ainda que tenha tido um ponto cego fatal, ele revolucionou o entendimento Sith da relação entre biologia e a Força. As páginas de seu texto ainda têm os comentários que eu fiz após ocupar o lugar de Darth Plagueis como Mestre e me apoderar desses pertences.

O TEXTO DE DARTH PLAGUEIS DEVE DATAR DE MAIS OU MENOS 45 A.B.Y., MAS ISSO É APENAS UM PALPITE. SUA MORTE PODE TER OCORRIDO NA BATALHA DE NABOO, EM 32 A.B.Y. E AINDA É UM MISTÉRIO COMO PALPATINE VEIO A ESTUDAR OS CAMINHOS DOS SITH COM ELE.
-LUKE

As histórias dos autores anteriores acabaram, mas meu reinado está apenas começando. Ao combinar as verdades principais do lado negro que encontrei nesses textos, defini o seguinte: O Livro da Raiva, A Fraqueza dos Inferiores, e A Manipulação da Vida. Eles estabelecem o verdadeiro conhecimento do lado negro e facilitam as tarefas necessárias para implementar a Ordem Sith.

PALPATINE DE FATO TERMINOU ESSES VOLUMES, OU PELO MENOS FEZ BASTANTE PROGRESSO. DURANTE O TEMPO QUE PASSEI EM BYSS, VI SEU MANIFESTO NA BIBLIOTECA DE REGISTROS. MAS APENAS CÓPIAS PARCIAIS PARECEM TER SOBREVIVIDO À DESTRUIÇÃO DE BYSS.
-LUKE

Exílio e Chegada

Eu não sou um Sith. Não compartilho do sangue deles. No entanto, desde que chegamos entre essas pessoas selvagens, nós nos tornamos seus governantes. Os que são fortes na Força devem sempre buscar o poder. Nós adotamos seus títulos, suas roupas e suas tradições. Não somos mais Jedi expulsos do abraço sufocante da República. Nós somos Jen'jidai, Lordes dos Sith.

Chegamos aqui após a guerra de mil anos que quase derrubou a Ordem Jedi. Os Jedi, tão confiantes em seu triunfo, não nos executaram. Com as pontas dos sabres de luz nas nossas costas, eles nos escoltaram até o galeão que nos levaria ao exílio, fora dos limites da República.

Havia doze de nós, incluindo alguns comandantes de alta patente: Alto General Ajunta Pall; Marquesa XoXaan, comandante das Legiões Negras; Barão Dreypa, nosso almirante de frota remanescente; Karness Muur, cujas táticas de batalha centradas na Força nos salvaram de uma armadilha em Fluwhaka; e eu, Sorzus Syn, criadora de armas vivas e pragas biológicas. Outros Jedi Negros menos distintos foram proeminentes em nossa companhia apenas por não terem perecido na guerra.

A guerra prevaleceu por um século entre o Conselho Jedi, com sua ortodoxia petrificada, e aqueles que queriam derrubá-lo. Como os últimos sobreviventes daqueles que procuram um novo caminho para o poder, nós, por fim, fomos vítimas do excesso militar dos Jedi na Derrota de Corbos.

Nossa punição por alta traição foi o banimento no espaço inexplorado. Mas nosso voo rumo ao desconhecido não foi sem direção. Durante anos, extraí informações dos refugiados e cataloguei rumores, procurando por provas de que o reino dos Sith — os Sith Puro-sangue — existia. Minhas crenças foram justificadas. O que se apresenta diante de nós é um reservatório sem limites de guerreiros firmes e riqueza de conhecimento inexplorada sobre o lado negro da Força.

XoXaan, eu, Ajunta Pall e Dreypa — não a nossa aterrissagem, mas nosso triunfo sobre os Sith Puro-sangue, marcou nossa chegada.

O Primeiro Grande Cisma

Nem todos os que romperam com a Ordem se tornaram combatentes. Os Mestres Jedi que se desligaram da Ordem por motivos filosóficos foram venerados de forma perversa com bustos de bronze nos Arquivos do Templo celebrando-os como "os Perdidos".

Nós governamos os Sith. Aqui construímos uma soberania do lado negro para superar um milênio de injustiças. Mas eu sou a soberana legítima, já que sozinha tenho a curiosidade de traduzir seus segredos e aplicá-los a padrões mais amplos de conquista. Antevejo o que se tornará o magnífico Império Sith.

Enquanto Corbos foi a última batalha da Escuridão de Cem Anos, o conflito começou com o mais recente Grande Cisma. Historiadores discutem sobre quantas rupturas ocorreram entre as fileiras Jedi. Não me importo com o número exato, mas, com cada uma delas, o Conselho Jedi enfraqueceu o seu controle sobre os caminhos da Força.

A Escuridão de Cem Anos foi uma revolta espetacular, ainda que previsível, contra a complacência Jedi. A Ordem Jedi não evoluiu em quase vinte milênios. Mesmo depois da fundação da Ordem em Tython, seus membros mais curiosos perceberam o fracasso de seus professores — e, então, começou o Primeiro Grande Cisma.

Ataque das Legiões Negras na Batalha de Corbos.

O lado negro não é mais poderoso. Ele queima com brilho, mas se apaga rapidamente.
Mace

Naqueles dias, um forasteiro de Kashi Mer chamado Xendor inspirou alguns Jedi a questionar o lado luminoso, ou Ashla. Eles descobriram que o uso do lado negro, ou Bogan, abria as algemas que seus Mestres Jedi haviam colocado na Força. Os seguidores de Xendor — aqueles que acreditavam no mesmo que ele, mas não tinham as mesmas habilidades — se tornaram seus acólitos, ou as Legiões de Lettow.

Os Jedi, é claro, lutaram. Eles lutaram com desespero contra um futuro no qual não teriam seguidores. A história diz que Xendor e suas legiões pereceram na Batalha de Columus.

Mas essa não foi a tragédia do Primeiro Grande Cisma. A tragédia foi que os Jedi nada aprenderam. Eles poderiam ter abraçado o lado negro e se tornado o poder central do Império que as Legiões de Lettow procuraram construir. Em vez disso, retornaram aos seus caminhos antiquados e alienaram seus membros mais talentosos. Nós, exilados, somos os herdeiros da heresia corajosa de Xendor.

Comprometer-se com o lado negro? Derrota isso é. Vigilantes os Jedi devem permanecer.
—Yoda

Xendor e as Legiões de Lettow desafiam os Jedi em Columus.

A Escuridão de Cem Anos

A guerra na qual lutamos, e na qual muitos de nossos seguidores morreram, poderia ter sido evitada. Foram os Jedi que fizeram o primeiro movimento para nos impedir de revelar a verdade sobre a Força. Eles têm remado no raso por eras. Ao nos aventurarmos com coragem na expansão da Força, ganhamos poderes que nenhum Jedi jamais possuiu. A própria vida estava sob nosso comando.

Fui eu quem criou os Leviatãs, que estilhaçaram as barricadas Jedi em Balmorra. Dei a eles a habilidade de engolir espíritos e armazenar aquelas energias vitais em bolhas na pele. Os Leviatãs, meus monstros primorosos, foram a culminação final dos Shamblers, Howlers e Pit Horrors, e todos as outras criações a que dei forma e propósito — meu propósito.

Os Jedi se afastaram desse poder, já que resistiram a todos os aprimoramentos. Eles causaram o cisma em suas próprias fileiras. Até que aniquilemos a velha Ordem, o padrão continuará a se repetir para sempre.

A perversão das coisas vivas pelos Sith viola a essência fundamental da Força. A vida a cria, permitindo-nos ampliar seu potencial. Nós a obedecemos, e não o contrário. Somos partes do organismo, não seus criadores. Afinal de contas, também somos seres vivos.

Mace

Insuportável isso é, ser uma criatura assim modificada. Acabar com suas vidas, misericórdia às vezes é. —Yoda

Krespuckle, o Sempre Faminto, meu Leviatã favorito.

Povo Orgulhoso dos Sith

Guiei nosso galeão rangendo através da barreira do hiperespaço conhecida como Stygian Caldera, o que não teria sido possível sem o comando da Força. Por essa razão, os navegadores não acharam rotas verdadeiras no Espaco Sith, apenas saltos cegos. Aqueles que são fortes no lado negro, como eu, podem sentir o caminho, assim como um Devlikk pode sentir o norte magnético.

Korriban perdeu potência ao longo dos últimos 7.000 anos, mas ainda murmura os segredos sombrios.

Tocamos o solo em Korriban — o mundo que grita mais alto por aqueles que podem ouvir a voz do lado negro. Foi em Korriban que os Sith Puro-sangue começaram; é para cá que eles geralmente retornam na morte. Saímos do fedor apertado da nossa prisão interestelar para a luz de um sol não familiar. Grandes tumbas esculpidas de rochas do planeta nos cercavam. A areia estava apinhada de ossos de milhares de reis.

O Vale dos Reis Adormecidos, Korriban.

Os Sith nos saudaram. Apesar dos nossos óbvios poderes superiores, não fomos aclamados como deuses quando chegamos. Levou semanas para que entendêssemos a estrutura de poder da cultura deles, a enfraquecêssemos e aniquilássemos o então rei. Ajunta Pall degolou seu governante, Hakagram Graush, e reivindicou o trono como herdeiro de sangue do antigo Rei Adas — assim, nos tornamos suas Mãos Sombrias.

Ajunta Pall degola Hakagram Graush.

Desde então, tornei meu objetivo entender os Sith, o Espaço Sith e os tesouros que podem nos esperar nesse campo. A experiência da frota de Dreypa se provou útil quando nós dois mapeamos as hiper-rotas locais. Queria que ele tivesse demonstrado tamanha competência na defesa de Corbos!

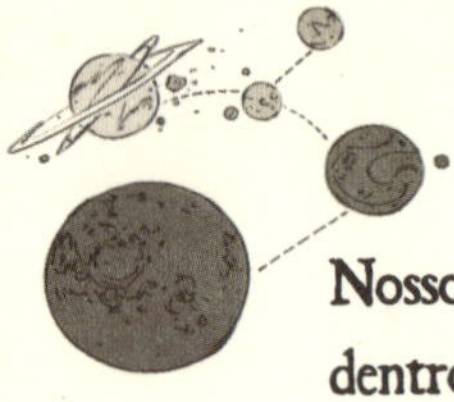

Nosso trabalho identificou o looping das rotas hiperespaciais, dentro da Stygian Caldera, que contêm os planetas do Império Sith. A rota Nache Bhelfia liga Ziost, Khar Delba, Rhelg, Krayiss e Korriban — os cinco mundos mais sagrados para os Sith.

Ziost foi o principal mundo dos Sith Puro-sangue desde a pré-história. Foi lá que erguemos nossos próprios palácios para governar como Lordes Sith. Os Sith respeitam o poder, e eles se sentem contentes por nos servir.

Será que o Sith derrotado por Obi-Wan em Naboo veio daqui? Enviar um cavaleiro para investigar. Quinlan Vos? Mace

A fortaleza de Ajunta Pall, em Ziost, toma forma acima do palácio do rei anterior.

Na verdade, os Sith Puro-sangue são maravilhosos. São pessoas movidas pela fome, pela fúria e pelo lado negro. Apesar de serem humanoides na forma, suas peles duras variam de tonalidade do carmesim à obsidiana — e suas mãos e pés têm garras. Dois apêndices grossos e carnosos pendem de suas bochechas ou maxilares e mais dois apêndices protuberam em suas têmporas.

Um Sith Puro-sangue.

Depois de muitos experimentos, concluí que o sangue deles é similar o suficiente ao nosso para permitir cruzamento alquímico com o nosso. Sei que Dreypa, por exemplo, esteve de olho em uma sacerdotisa Sith. Ele ficará feliz em descobrir que sua linhagem não só irá perdurar como prosperar!

Os Sith Puro-sangue são robustos na Força, mas não nos superam. Eles estão arraigados no primitivismo, enquanto nós já fomos os maiores Jedi da República. Eles descobriram muitos segredos, alguns desconhecidos para quaisquer outros seres na galáxia. Mas sua inabalável estrutura de castas instila obediência e propósito, que nos serve bem como seus soberanos.

Interessante. Não sabemos se foi o cataclismo ou o cruzamento mencionado aqui, mas nenhum traço das espécies Sith permanece. Mace

Aqueles de nós que vieram a esse mundo com classe e ambição reergueram o novo Conselho Sith de Ziost. Ajunta Pall é nosso Lorde Negro, ou Jen'ari. De acordo com a Força, seu reinado será curto.

Somos servidos pelos sacerdotes deles, os Kissai, que acabaram por nos venerar como semideuses. Eles enxergam Ajunta Pall como a manifestação de Typhojem, o Deus Canhoto, e são, portanto, persuadidos com facilidade a fazer o que ordenamos.

Seus engenheiros, os Zuguruk, são leais, mas constroem mausoléus demais e naves de batalha de menos. Devo convencer Pall da necessidade de redirecionar os trabalhadores — ou seu título terá de ser retirado à força.

Nosso maior ativo são seus guerreiros, os Massassi, que nada mais são que músculos brutos movimentados pela consciência. Eles são descartáveis, mas ainda assim precisamos gerar mais, se quisermos contra-atacar a República, que nos repeliu e humilhou.

Os escravos, uma turba de raças misturadas, são amontoados sob o epíteto de Grotthu. Depois de sentir a manobra do banimento da escravidão pela República, é reconfortante ver a fraqueza dos inferiores reafirmada e explorada para o lucro!

Tudo o lado negro encobre.
Desvendar a verdade nós devemos.
—Yoda

O sistema de castas Sith sob nosso comando — nossa vontade é imposta aos sacerdotes Kissai, aos engenheiros Zuguruk e aos guerreiros Massassi. Os escravos, ou Grotthu, servem a todos.

Jedi Negro
Kissai
Zuguruk
Massassi
Grotthu

Armas Sith

Eles podem ser primitivos, mas os Sith Puro-sangue merecem respeito — não apenas por suas habilidades no lado negro, mas por sua fome de guerra. A casta dos Zuguruk construiu máquinas de guerra e até desenvolveu tecnologias que podem partir ao meio o núcleo de uma estrela. Todavia, a maior parte das guerras no Espaço Sith ocorre quando combatentes podem cruzar os olhares antes de trocarem ataques. Seus utensílios mortais são admiráveis tanto por seu artesanato quanto por sua letalidade.

Espada Sith: Enquanto nós, exilados, empunhávamos sabres de luz quando lutamos na Escuridão de Cem Anos, os Sith desenvolveram armas com lâminas afiadas e fortificadas pela Força — espelhadas nas espadas carregadas pelos primeiros Jedi em Tython. Essas espadas são pesadas e requerem duas mãos para manejar, exceto pelos mais gigantescos dos Massassi, que podem manejá-la com uma só mão. As espadas podem desviar tiros de plasma e resistir à lâmina de um sabre de luz. Cada uma funciona como reservatório de energia do lado negro.

Espada de guerra Sith: Esse bastão de duas lâminas requer grande habilidade para ser empunhado e é raro ser destinado a soldados inexperientes. Ajunta Pall torturou Hakagram Graush com a espada de guerra do próprio Graush antes de executá-lo. Eu mantive a arma e planejo utilizar o sangue seco na lâmina em minha alquimia.

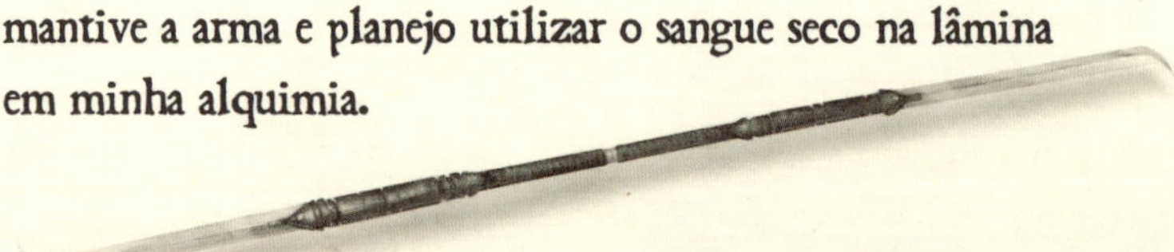

O depósito de armas do Templo guarda esses artefatos dentro de seu Cofre Negro. Eu adicionei a espada larga de Tzuhakk depois de recuperá-la em Bpfassh.
Mace

Causa uma bagunça e é imprecisa. A lanvarok é uma arma de terror indiscriminado.

Lanvarok: Essa é a arma de batalha dos Massassi. Quando brandida, essas armas de longo alcance liberam uma rajada de discos navalhados giratórios. Os soldados blindados de Domoru Krev usam manoplas de lanvarok em seus braços esquerdos.

Larang: Quando arremessada, essa lâmina curva retorna para a mão de seu usuário, a menos que tenha sido arremessada no crânio de um inimigo. É remanescente das armas carregadas na antiguidade pelos Macheteiros Reais de Kashi Mer. Não tenho dúvida de que podemos aprimorá-la.

Shikkar: O shikkar é a arma dos assassinos. Pode ter o comprimento do antebraço, mas, ainda assim, ser ocultada sob o robe. Um giro no cabo após apunhalar a vítima romperá a lâmina vítrea e infeccionará sob a pele.

Veneno Sith: Os Envenenadores de Malki morreriam de inveja de como os Sith dominaram essa arte sutil. Na batalha, os Sith cobrem suas lâminas e dardos com veneno. Eles também são conhecidos por contaminar os cálices de seus rivais. O veneno pode causar dor, paralisia, morte ou frenesi sanguíneo. Mas, a cada geração Sith, o veneno deve ser aprimorado para compensar as imunidades evoluídas das espécies.

Para terminar uma luta sem morte, grande habilidade é preciso. Isso não entendem os Sith, como comprovam essas armas.

—Yoda

Amuletos Sith

Essas armas de mão dos Sith são portadas pelos brutos Massassi, mas seus amuletos requerem mais habilidade. Muitos sacerdotes Kissai usam esses adornos em torno de seus pescoços para aprofundar sua conexão com o lado negro da Força.

Amuletos menores podem criar escudos protetores, fechar a carne ferida, aguçar o foco de batalha ou energizar músculos enfraquecidos. Por outro lado, grandes amuletos não têm preço e são, com frequência, únicos. Aqueles que usam devem, primeiro, vencer a música sedutora do amuleto. Se não conseguirem, estarão perdidos para sempre na insanidade do lado negro. Adquiri muitos desses prêmios para mim, mas permaneço inquieta por saber que muitos deles continuam trancados nas tumbas de Korriban.

Destruir um deles liberará uma onda de energia, matando toda a vida num raio de dez metros.

Dos amuletos que encontrei, estes são os mais poderosos:

Abattar Sith: Se não fosse por essa relíquia, eu não teria conseguido fluência com tanta facilidade na língua Sith. O abattar traduz qualquer idioma falado ou escrito e sintoniza quem os usa ao falatório exasperador dos fantasmas.

Jugo das Aparências: Essa armadura dourada queima a pele, mas, através de ilusão, faz aqueles que a vestem parecerem qualquer um ou qualquer coisa. Eu pretendia estudar esse tesouro antes de XoXaan tê-lo confiscado.

Meu estudo do Coração de Graush.

Coração de Graush: O rei morto Dathka Graush substituiu seu próprio coração por esse rubi do tamanho de um punho, que continha as almas de seus inimigos. Quando encostado no Capacete de Graush, quem o empunha pode controlar as forças da natureza.

Esfera de meditação: Esse veículo do Espaço Sith não é um amuleto que alguém possa segurar ou usar. É um amuleto que circunda seu dono. A geometria arcana da cabine do veículo pode amplificar os feitiços do passageiro mil vezes mais em todas as direções.

Os Sith focam em coletar tesouros e negligenciam o estudo da Força. É mais uma forma de não enxergarem o panorama geral.

Mace

NÓS LUTAMOS CONTRA KARNESS MUUR, DEPOIS DE DESTRUIR A PRIMEIRA ESTRELA DA MORTE. O TALISMÃ O SUSTENTOU AO TOMAR POSSE DE OUTRO CORPO. EU NÃO SABIA QUE PODERIA HAVER MAIS. COM SORTE, ELES NÃO SOBREVIVERAM ATRAVÉS DOS SÉCULOS. —LUKE

Talismã de Muur: Karness Muur solicitou que eu criasse isso, mas é meu triunfo. Minhas experiências com o Coração de Graush e meu domínio alquímico em gerar criaturas Sith culminarão no primeiro Grande Amuleto a ser usado por um dos Lordes Sith. Seu poder transformará mentes fracas em zurros de rakghouls, cujas ações são o resultado do desejo de quem usa o talismã. Ele também preservará o espírito de quem o usa, caso morra em combate. Ainda que Karness vá recebê-lo antes, farei mais de um amuleto. O segundo irá para Dreypa, para que os dois tolos possam batalhar um contra o outro de modo incessante. O terceiro deve ser muito mais forte que os outros e será somente meu.

O mecanismo interior do Talismã de Muur.

Casas de Poder

EU SENTI ISSO EM TAVIN 4: A CONSTRUÇÃO MASSASSI DO TEMPLO DO GRUPO FOLHA AZUL CONTÉM UM TURBILHÃO DE ESTRANHA ENERGIA SITH.
-LUKE

Os Sith Puro-sangue são adeptos naturais do lado negro. Isso eu devo enfatizar, já que é esse traço que nos tornará muito mais fortes no exílio do que jamais fomos quando conservávamos nossas antigas classes. Sempre investiguei boatos de mundos esotéricos e suas diversidades de vida e não conheço nenhuma espécie como eles.

Os Sith tiveram mil gerações para aperfeiçoar as artes negras. Os ziggurats de pedras empilhadas e as faces das montanhas esculpidas em forma de faces sérias são mais que tumbas de reis desaparecidos. Quando você para na interseção dessa arquitetura mística, sente uma rajada de vento e um arrepio de eletricidade. Os ângulos desses mausoléus focam as energias arcanas da Força.

Alguns cultistas entendem esses princípios do design. Eu os recrutei para servir em Byss.

Em Korriban, que é um planeta com nada além de tumbas, cada grão de poeira parece gerar energia da Força. O Vale de Golg é contornado por monumentos que se erguem desde muito antes de os Zhell marcharem por Coruscant. Logo após a nossa realocação em Ziost, retornei a Korriban com um pequeno quadro de sacerdotes e um vasto séquito de escravos para abrir as tumbas. Eu podia sentir que elas estavam prontas para a pilhagem.

Acredita-se que os Zhell, que derrotaram os Taungs para controlar Coruscant muito antes do surgimento da República, sejam os predecessores da humanidade. Tudo de significativo é resultado da conquista.

Até entrar em nosso primeiro alvo, o Claustro do Tormento Bilioso, notei que as passagens se movimentavam com atiradores de dardos e eram ladeadas por colunas que caíam a qualquer passo. Perdi quarenta escravos, mas seus cadáveres mal pareciam fora de lugar. Lacrados na tumba, ao lado dos lordes mortos, estavam

Dizem que o Templo Jedi foi construído sobre um manancial da Força. Acredito que a Força esteja em todas as coisas e continuo cético.

Mace

os cadáveres de seus servos mumificados pelo deserto. Uma vez que penetramos as passagens externas, o santuário interno guardava o sarcófago do maior governante, localizado no centro de um loci de energia.

As gárgulas na antecâmara de Sakkra-Kla ganham vida na presença de intrusos.

Holocrons Sith

Ao fim do nosso sétimo dia, com o número de escravos diminuindo, penetramos o Santuário de Sakkra-Kla. Essa tumba sagrada parecia ter repousado sem perturbação desde que fora lacrada mais de dez mil anos antes. Ela transbordava maravilhas.

Encontrei pergaminhos que detalhavam a alquimia Sith. Encontrei o corpo preservado de um terentatek. Perdi mais seis escravos para uma matilha voraz de tuk'ata. E, o mais impressionante de tudo, encontrei o Holocron do Rei Nakgru.

Sim, holocrons existem no Espaço Sith. Os Holocrons Sith são tecnologicamente idênticos aos Holocrons Jedi da República, mas eles possuem refinamentos do lado negro que os tornam muito superiores.

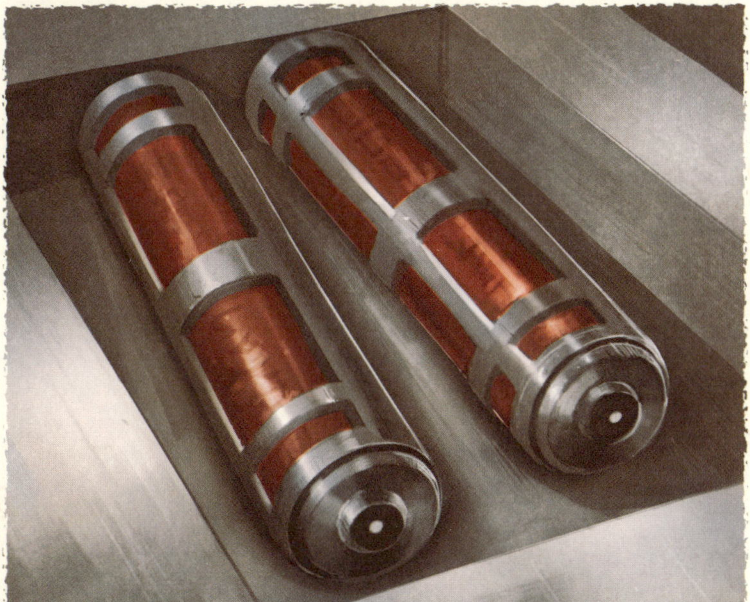

Pergaminhos alquímicos protegidos por uma maldição de insanidade.

Estudiosos sabem que um holocron é uma caixa de treliça cristalina, capaz de armazenar uma quantidade quase infinita de informações de valor inestimável. Essas matrizes podem ser alinhadas apenas através de aplicação precisa e exaustiva da Força. Um holocron completo só pode ser acessado por outro usuário da Força. Para navegar pelos segredos de um holocron, é preciso falar com seu guardião — um eco holográfico do criador do dispositivo que retém uma dimensão do espírito de quem o criou. Construir um holocron pode levar meses, e um simples passo em falso destruirá o dispositivo e o fará virar pó.

Os Jedi também sabem tudo isso. Acredito que os Sith Puro-sangue tenham construído seu primeiro holocron após arrancar o segredo dos conquistadores alienígenas ancestrais, os Rakata. Dessa maneira, os Jedi podem ter apenas copiado os dos Rakata. No entanto, os Holocrons Sith são distintos e tortuosos. Eles são piramidais — e não cúbicos — para replicar os ângulos de poder encontrados não apenas nas tumbas Sith, mas também na cultura Sith. Seus exteriores são entalhados com hieróglifos, e figuras estilizadas formam um lacre enfeitiçado que lança maldições nos indignos que tentam encontrá-los.

Os Jedi recuperaram muitos Holocrons Sith, incluindo um construído por Sorzus Syn perto do fim de sua vida.

Mace

Os Jedi são enganados com facilidade. Os Sith estão em posse do Holocron de Syn desde os tempos de Bane — o que estava no Arquivo do Templo era um dispositivo espião escondido por um feitiço de ocultação.

O cristal central tem a cor da fumaça e é tanto fonte de poder quanto um repositório da informação do fantasma do guardião. Essa coroa deve ser entalhada com o espírito do construtor em um ritual da Força chamado Rito de Iniciação. Destruir uma coroa irá liberar seu guardião, e seria uma decisão sábia fugir ao invés de encarar um espectro com sede de vingança.

Estrutura básica de um Holocron Sith.

Reinado do Machado

No interior do Holocron de Nakgru, aprendi a história dos Sith Puro-sangue em detalhes vívidos não encontrados em histórias orais ou pergaminhos quebradiços. Aprendi que essas pessoas belicosas são a prova viva de que os presunçosos Jedi que nos baniram estão errados sobre o lado negro.

Os Sith matam, se enfurecem e odeiam; ainda assim, sua sociedade não é fragmentada. Ela prospera. Mais de três milênios antes da fundação da República, surgiu um Sith prodigioso — seu nome era Adas. Ele usava uma sinistra armadura de couro brilhante e carregava um par de machados de batalha, um em cada mão. A maioria precisa usar as duas mãos para brandir apenas um machado. Quando Adas urrava, outros Sith passavam rápido para o seu lado ou fugiam aterrorizados. Ele escravizava os tolos e executava os idealistas. Quando guerreiros o desafiavam, ele bebia o sangue deles para honrar as suas mortes. Adas assumiu o controle, unindo Sith divididos e se tornando o governante deles — Rei Adas.

O Reinado do Machado durou três séculos, enquanto Adas sustentou sua energia vital com o lado negro. Ele era venerado como *Sith'ari*, ou deus dos Sith. Apenas quando os grandes conquistadores Rakata chegaram sua vida acabou. Todavia, mesmo em sua morte, ele alcançou a vitória final para os Sith, afugentando os Rakata.

Esse sistema só é atrativo para os reis. Todos os demais desperdiçam seus dons como escravos ou buscam o objetivo medíocre de se tornarem eles próprios reis. Criatividade e destreza florescem sob um sistema livre e aberto como a República Galáctica, e essas qualidades triunfam de forma inevitável sobre a obsessão de um ditador.

Mace

A tecnologia que os Rakata trouxeram permitiu aos Sith expandir sua influência e reivindicar os planetas que faziam o punho negro do Espaço Sith. A partir daquele momento, o exemplo de Adas foi seguido. É um princípio simples: um governante forte dá poder ao Império.

Um Grande Mestre até os Jedi têm. Mas voz todos os nossos membros têm.
—Yoda

Rei Adas.

Conquistas dos Sith

Como revelado pelo holocron, os sucessores do Rei Adas usaram seu poder para conquistar mundos além de Korriban e Ziost. O Espaço Sith é remoto, mas está longe de ser impenetrável. Mesmo assim, a República ainda não sabe nada sobre esse reino de magia negra. Os Sith deixaram marcas que qualquer um pode ler — qualquer um que não acredite na mentira da força através da tolerância.

Encontros com os Anzati e os Rakata durante os tempos do Rei Adas provaram aos Sith que eles não eram os únicos entre as estrelas a quem a Força dera vida. Isso feriu seu orgulho e inflamou sua fúria. Os Massassi foram soltos nos mundos vizinhos para extinguir toda e qualquer forma de vida e expandir o Império Sith. Esses seres se arrependeram de seu pacifismo? Eles lamentaram os ideais democráticos e sociais que não ofereceram proteção alguma quando os invasores queimaram suas casas? Suas línguas mortas não podem falar.

PARECE QUE FOI MUITO TEMPO DEPOIS DESSES ESCRITOS QUE OS SITH ALCANÇARAM O SISTEMA YAVIN. —LUKE

Ataque devastador dos Massassi.

Os Sith alcançaram outros mundos, incluindo aqueles fora de Stygian Caldera. Tund se transformou em uma prisão para hereges. Arorua abrigou monstros que foram gerados a partir da feitiçaria Sith. E os mundos de Malachor e Thule foram fortificados para deter contra-ataques de qualquer oponente. Eles servirão como localizações perfeitas de onde iniciaremos a reconquista da República.

Desde que obtive esse conhecimento, vasculhei esses mundos conquistados para reunir informação. Nossos ataques provaram uma coisa: os líderes da República são cegos de forma deliberada. Minha primeira visão de um Draethos algemado nos campos de batalha me inspirou a fazer uma busca mais profunda nas coleções de históricos estelares consumidos por traças. Confirmei que os Sith, de fato, atacaram o mundo da República de Draethos, ainda que o período de tempo permaneça obscuro. Eles atacaram Quermia e Felucia, além de outros mundos como Gand e Florn, conhecidos por exploradores e contrabandistas.

As evidências me envolveram. Os escravos cobertos de fuligem operando as caldeiras da forja atraíam pouca atenção antes, mas lá estavam. Um forte Herglic em Ziost operando o fole. Um Mrlssi manco em Nfolgai sobrecarregado de pedras, quase irreconhecível sob suas penas banhadas em cinzas. Um humano em Dromund Kaas tão esquelético que poderia ser confundido com alguma raça exótica. Esses eram seres familiares que eu encontraria em qualquer mercado de Coruscant, e todos viravam seus rostos para mim em reconhecimento mútuo. O vigor de seus lamentos suplicantes chegou ao fim quando retornei para o meu palácio e tranquei a porta.

Nossos historiadores acreditam que muitos desses refugiados de várias espécies fugiram inquietos para o setor Tapani, uma ocorrência comum naquela era.
Mace

Bestas de Guerra

O holocron revelou muito sobre a criação de bestas de guerra, mas os currais de criação de Ziost proveram uma educação mais imediata. Que deleite ter pousado entre colegas que distorcem a vida! Entre os Kissai estão os Ninûshwodzakut, cujo título se traduz em "Atadores de Entranhas". Através de alquimia e criação manipulada, eles deram vida a várias criaturas vorazes para trabalhar e matar pelos Sith.

Os silooth eram mutações a partir de besouros. Há muito tempo, os Sith os espalharam pelo mundo de Kalsunor. O estalo de suas mandíbulas se tornou uma batida medonha. Esses carniceiros do tamanho de tanques ainda podem ser encontrados no planeta, derretendo as ruínas das cidades com jatos de ácido. Os Sith ainda mantêm bandos deles em reserva para outra campanha.

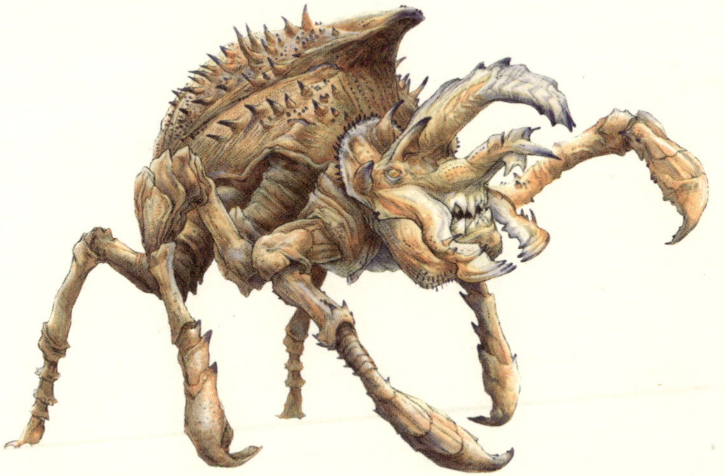

Silooth

Durante a mesma guerra que deu origem ao silooth, os Sith introduziram o pássaro de guerra e o beemote de guerra. Suporte principal entre a infantaria Massassi ainda hoje, os pássaros de guerra são usados como aves de ataques montados que podem carregar o condutor até a batalha e rasgar soldados inimigos com seus bicos. Os gigantescos beemotes são usados de forma um pouco diferente — como carregadores de tropas ou plataformas de armas ambulantes.

Pássaro de guerra

As bestas guardiãs chamadas tuk'ata vigiam as tumbas e as protegem da profanação. Elas foram, por muito tempo, a companhia real dos Reis Sith. Têm grande inteligência tática e podem viver por séculos sem comer. Eu teria morrido na Tumba de Din Grrut se não tivesse alimentado os tuk'ata com um escravo Sith.

Beemote de guerra

Perambulando em Korriban, eles ainda ficam. Perdi minha montaria kybuck enquanto patrulhava lá e outro não escolhi. Pesado meu coração está.

—Yoda

Tuk'ata

Hssiss

Terentatek

Os dragões do lado negro conhecidos como hssiss se alimentam de fúria e carregam uma toxina que pode infectar a vítima com um frenesi sanguíneo em apenas uma mordida. Os filhotes dessas bestas são extraordinários. Engatinham para fora de seus casulos apenas depois que uma multidão de seres do lado negro é assassinada em sua presença.

Entre as criações mais recentes dos Kissai está o terentatek. Que maravilha de glutão bruto! O terentatek se alimenta de sangue rico em Força e, por isso, caça apenas os Sith de Puro-sangue. Os Sith os usam contra seus inimigos, ainda que temam a retaliação inevitável.

HIDRAS DE BATALHA, OU ALGO PARECIDO, SE ESTABELECERAM NO ECOSSISTEMA DE YAVIN 4. TIVE QUE PERSUADIR JACEN A NÃO PEGAR UMA COMO ANIMAL DE ESTIMAÇÃO.
-LUKE

Uma curiosa criatura reptiliana de duas cabeças foi gerada há pouco tempo a partir da carniça de dez mil pássaros sacrificados. Ela é armada com uma cauda venenosa na ponta. Eu a classifiquei como hidra de batalha, mas ainda preciso batizar a criatura. Meus escravos estão construindo um aviário para meus três espécimes.

Hidra de Batalha

Algumas bestas são construídas para destruir as fortificações dos inimigos, como meus Leviatãs e os crisálidas. Essas bestas Sith são a natureza aprimorada à perfeição. Não sei qual animal produziu a primeira linhagem, mas os crisálidas que temos nos celeiros subzero não são nada além de dentes, garras, fibras e nervos. Além disso, na fortaleza Sith estão os wyrms de guerra. Reconheço essas criaturas de Florn pela forma de suas armas de alcance. Elas alcançaram o tamanho em que podem atingir os mais altos dos pináculos de Coruscant. Estou ansiosa para testar um contra as muralhas do Templo Jedi.

Crisálida Veergundark

Esses têm potencial ilimitado. Liberados de seus casulos de gestação, meus crisálidas podem despedaçar qualquer rival mecanizado.

Wyrm de Guerra

Alquimia Sith

Nenhuma dessas criaturas surge da natureza. Elas são cruzadas em busca das suas formas extremas. O cruzamento, no entanto, tem limites. Isso leva gerações, enquanto a alquimia é imediata — e para sempre. Através da alquimia, usa-se a Força para conseguir alterar o físico.

Uma espada Sith é aprimorada ao ser submergida em uma tina de "sangue derramado com raiva". Amolar suas bordas com rhyolite de Svolten irá assegurar que ela nunca embote.

Eu fui o maior dos mestres invocadores que lutaram na Escuridão de Cem Anos. Minhas inspirações vinham por meio de sussurros e sonhos, e apenas agora, no minarete de Ziost, percebo que era um chamado dos Sith desde o começo. Os alquimistas Sith tiveram eras para aperfeiçoar sua arte, e o conhecimento deles agora é meu.

A alquimia Sith é aplicada tanto aos vivos quanto aos não vivos. Cada caso é uma disciplina de estudo, mas o segundo é mais adequado para novos aprendizes.

A alquimia em não vivos é muito mais simples porque não há células vivas para causar resistência. Essa ciência é usada para criar amuletos e aprimorar armas. Qualquer objeto tocado por ciência alquímica se tornará sensível à Força, retendo para sempre uma marca com a imagem de quem o forjou.

A alquimia das coisas vivas é adequada apenas a Mestres. A energia da Força do próprio sujeito retrucará enquanto você torce e modela o hospedeiro. Ao remodelar <u>a forma repetidamente, você terá um Leviatã.</u>

O Conselho rejeita toda pesquisa da alquimia viva, sem exceções. O ato é uma afronta à Força Viva.

Mace

As criaturas Sith podem ser criadas a partir de qualquer linhagem, seja ela humana ou Yuverniana. Deixadas à própria sorte, criaturas Sith procriarão — e, geração após geração, podem transformar um mundo.

LEVIATÃS AINDA VIVEM EM CORBOS. A GUILDA DE MINERAÇÃO DO SETOR SERTAR DEVERIA ME ALERTAR CASO DESCOBRISSE OUTRO DORMENTE.

—LUKE

Encantamentos Sith

A alquimia é a minha ciência; todavia, descobri que os Sith Puro-sangue possuem um novo entendimento de como manipular o lado negro. Procurei pelos segredos da conjuração no meu holocron furtado, mas seu guardião ficou enciumado. Lançando minha rede de modo mais amplo, recuperei pergaminhos submersos no lodo de sangue do Altar Mongrel. Eles estavam escondidos atrás de um mural de Rei Adas na Pira Eterna, sepultados paralelamente ao corpo sem cabeça de Wyrmuk, o Imortal. Ler um desses incríveis pergaminhos, com certeza, liberaria uma maldição. Descobri que, quanto mais preciso enfrentar o horror, a cegueira ou a liquefação, mais valiosa é a informação que o pergaminho contém.

MEMBROS DE TRADIÇÕES ISOLADAS DA FORÇA TÊM RITUAIS SIMILARES. ESTOU CONVENCIDO DE QUE TODOS OS REQUERIMENTOS DESSE TIPO PARA USAR A FORÇA SÃO DESNECESSÁRIOS.

—LUKE

O simples uso dos poderes da Força não é o bastante, como ensinam os Jedi. O ritual dá à conjuração poderes aumentados. Memorize os encantamentos, diga-os com convicção e entrelace as linhas invisíveis de energia através dos gestos. Foi assim que mudei o mundo de maneiras que meus professores nunca imaginaram.

Sutta Chwituskak, ou Parafuso de Ódio: Ao focalizar sua fúria naqueles que se colocam contra você, conjure uma lança de energia negra para perfurar a carne deles.

Odojinya, ou Teia do Lado Negro: Com rápidos e precisos movimentos dos dedos, você pode lançar um emaranhado de ramos de Força para bloquear uma espada ou amarrar um oponente.

Qâzoi Kyantuska, ou Supressão de Pensamento: Ao atordoar o cérebro de sua vítima e depois suplantar os pensamentos silenciados com o som da sua própria voz, você consegue controlar a vontade de outrem.

Hwomutsiqsa, ou Invocação do Demônio: Ao se concentrar no ar e na energia à sua volta, você pode invocar uma manifestação do lado negro. Uma besta concebida não tem uma forma real. Sua forma é aquilo de que a vítima tem maior medo. Um demônio de fumaça pode viajar como miasma pelo vento ou, fundido em forma sólida, receber ordens de atacar. Ele pode vaporizar o corpo de uma vítima ao entrar em seu nariz ou boca, apesar de ser vulnerável a contra-ataques baseados na Força.

Isaiwinokka Hoyakut, ou Morto Reanimado: Esse feitiço complexo anima tanto os recém-mortos quanto esqueletos dos campos de carniça, transformando-os em uma legião invencível, insensível à dor e capaz de transmitir uma infecção necromântica ao morder. Eu teria tido prazer em encontrar com Dathka Graush, que morreu décadas antes da nossa chegada. Ainda que tenha partido, foi ele quem mesclou alquimia e conjuração para aperfeiçoar a necromancia.

O Vale de Golg de Korriban ainda está repleto de pilhas de ossos cambaleando à espera das ordens de um criador que foi morto há sete mil anos.

Dada a ilusão de vida através da conjuração, os mortos procuram arrastar outros para as covas.

Palavras têm poder. Prova disso são os pergaminhos Sith que adquiri. Quando lidos, liberam malevolência como uma salvaguarda contra aqueles que desejam revelar seus segredos. Melhor cegar centenas através de um feitiço comprometedor que entregar poder a um tolo.

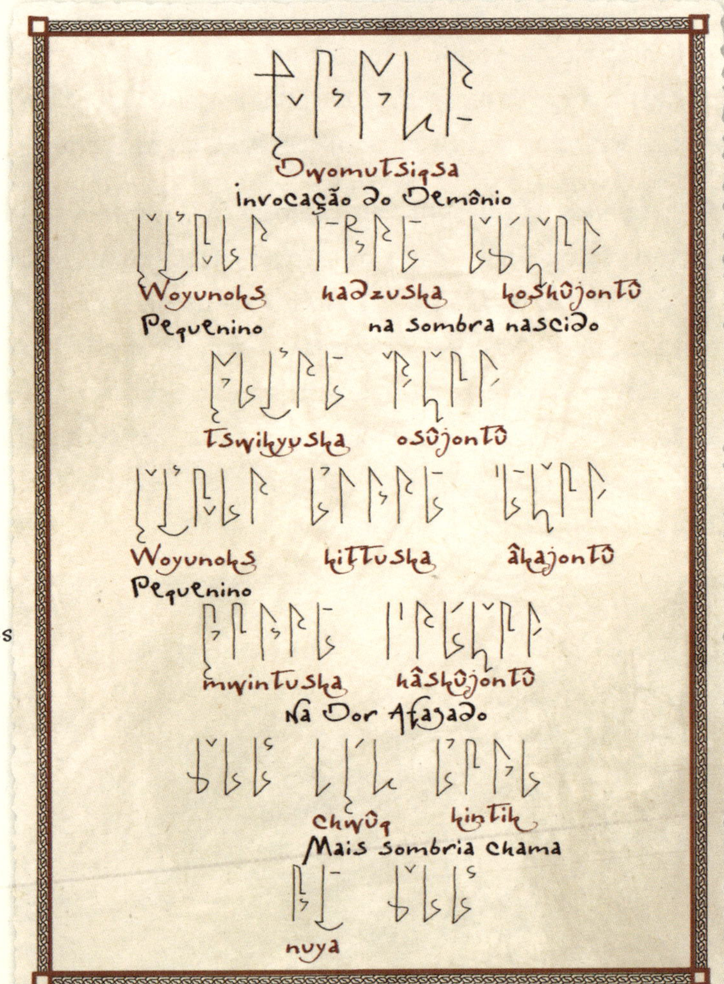

Mantidos longe dos younglings, esses encantamentos devem ser.
—Yoda

Transliteração de manuscrito Sith original — ainda não conclui a tradução para o Básico.

As habilidades descritas no velho idioma Sith são novas e surpreendentes. É bastante claro que, ao longo das eras, desde que os Jedi deixaram Tython, eles nunca descobriram o valor do encantamento. Quando um feiticeiro Sith fala, dá voz aos milhares de magos que partiram antes dele. Se armados com os comandos e armadilhas adequados, o lado negro pode ser delimitado, controlado e conduzido por qualquer caminho que você escolher.

Feitiços Sith que requeiram vocalização são escritos na língua Sith e, como consequência, devem ser pronunciados nela. Tenha em mente que não se trata apenas de recitar! Sua entoação deve ser ao mesmo tempo precisa e apaixonada. Fale com hesitação, e o feitiço poderá assombrá-lo.

Os Jedi não tem necessidade de tais rituais.
Mace

A maioria dos encantamentos possui métrica e rima, as quais não podem ser modificadas. Os encantamentos mais complexos desencadeiam feitiços de intensidade vulcânica.

Isso é a coisa mais ultrajante que eu já li! Com seu Conselho, seus testes, suas classes e seu Templo, os Jedi não são nada além de rituais.

Feitiços, no entanto, demandam tempo para serem preparados e recitados — usá-los durante um combate é um desafio. Reis Sith, com frequência, tiravam seus melhores feiticeiros da confusão do campo de batalha, posicionando-os no topo de altos parapeitos, de onde poderiam derramar maldições sobre as legiões do inimigo abaixo.

A potência do encantamento pode ser ampliada com amuletos e trajes rúnicos. Robes, conhecidos como Capas de Gelo, são tingidos com pragas e tiram energia das múmias as quais envolviam. Por cem anos, essa energia cresce enquanto mergulhada nas energias negras da múmia.

O Código Sith

Um único código unificador pode ser derivado da filosofia Sith. Os Jedi têm um código, e nós, exilados, o conhecemos bem. Mas também sabemos que ele é cheio de inadequações e meias-verdades.

Os Sith Puro-sangue não requerem mantra algum para lembrá-los de como viver. Eles apenas pegam o que podem, matam aquilo de que não precisam e usam tudo ao máximo. Além de serem governados pelo mais forte, eles são um modelo do que o lado negro pode conquistar.

Pode-se obter conhecimento com o exemplo deles. Se queremos criar um código Sith, ele deve apontar para as falhas das crenças Jedi enquanto determina um caminho para a maestria da Força. É evidente que o medo leva à raiva, a raiva leva ao ódio, o ódio ao poder e o poder à vitória. A fúria canalizada através da raiva é invencível.

O Código Jedi não limita. Ele fornece propósito e direção. A raiva pode energizá-lo, mas é uma energia aleatória e superaquecida que conquistará pouco e drenará você.

Mace

A edição comum do Codex de Mestre Simikarty traduz o código Jedi assim:

Não há emoção, há paz.
Não há ignorância, há conhecimento.
Não há paixão, há serenidade.
Não há caos, há harmonia.
Não há morte, há a Força.

Essa única linha do Código Jedi de fato contém alguma verdade. Ela se tornou a obsessão do meu Mestre.

Esse código restringe seus seguidores. Paz, serenidade e harmonia são reformulações da mesma coisa — a aceitação passiva das limitações. Os Jedi encorajam isso.

Mas a paixão sempre derrotará a paz. À medida que construirmos nosso Império aqui em Ziost, nossos sucessores se manterão fiéis ao Código Sith:

A paz é uma mentira, só há paixão.
Através da paixão eu ganho força.
Através da força eu ganho poder.
Através do poder eu ganho vitória.
Através da vitória minhas correntes são quebradas.
A Força me libertará.

A Profecia do Sith'ari

Conheço o mito Jedi de Mortis, de um Escolhido que destruirá o lado negro e levará equilíbrio para a Força. Os Sith têm sua própria profecia. Desde os tempos do Rei Adas, eles predisseram a vinda de um ser perfeito — o *Sith'ari.*

O abattar que uso em torno do meu pescoço traduz o termo como "suserano". No entanto, é mais exato considerar *Sith'ari* um deus, como acreditam os Sith Puro-sangue. Apesar de alguns entre os sacerdotes Kissai julgarem que a profecia começou e terminou com Adas, a maioria acredita no retorno do *Sith'ari.*

Meu Mestre sugeriu, talvez de modo espúrio, que Darth Bane cumpra essa profecia ao aniquilar a velha Ordem Sith e estabelecer a Regra de Dois. No entanto, Bane ainda não estava livre de restrições. À medida que meu plano se desdobra, sinto-me cada vez mais perto do poder ilimitado.

Não nos escapou que poderíamos ter reivindicado o manto do *Sith'ari* e exercido ainda mais poder no Espaço Sith. Todavia, o tiro poderia ter saído pela culatra entre os supersticiosos. Nem Ajunta Pall é tão descuidado.

A profecia do *Sith'ari* foi passada através da tradição oral. Ela é sagrada demais para ser escrita em um pergaminho. Dos Kissai, aprendi sua essência:

O Sith'ari será livre de limites.

O Sith'ari guiará e destruirá os Sith.

O Sith'ari trará os Sith da morte
e os tornará mais fortes que antes.

Admiro o primeiro princípio, pois quebrar correntes é a essência do lado negro e o alicerce do meu próprio Código Sith. O aperfeiçoamento através do sacrifício e o renascimento ressoam entre os que apreciam a criação e a alquimia.

Ainda que nunca tenha depositado fé em previsões, permaneço convicta de que a Força me chamou aqui. Talvez eu seja a *Sith'ari*.

ESSAS PÁGINAS ESCRITAS POR MALGUS PARECEM SER PARTE DE UM DIÁRIO MAIOR. INFELIZMENTE, APENAS ESTA SEÇÃO SOBREVIVEU. —LUKE

tropas de Endymion. Não permitirei que os Jedi nos eliminem tomando de assalto uma fortificação segura em número esmagador. Os Sith não repetirão os erros de Bothawui.

CAMPANHA DA ORLA – DIA 133 – MALGUS

Apesar do nosso revés, a determinação do meu exército permanece forte. Fomos remanejados para Ord Radama. Nosso bivaque está seguro e tenho um momento de tranquilidade.

Chegamos aqui quatro dias atrás. As naves de desembarque aterrissaram sob fogo pesado, e liderei a descida da tropa junto com Darth Venemal. Nossos sabres de luz formaram uma barreira suficiente para as linhas de infantaria atrás de nós. Cravamos as armas pesadas nas paredes do penhasco e, em resposta, elas rugiram ferozmente.

Os que podem tocar o lado negro veem onde os outros são cegos. Eles devem sempre guiar aqueles que não têm essa habilidade.

Quando ambos os transportes explodiram atrás de nós, eu soube que os artilheiros da República tinham escolhido os alvos errados. Tivemos alguns segundos decisivos antes que eles pudessem disparar outro tiro. Àquela altura, nos escondemos atrás das rochas na base do penhasco. Se eles tivessem atirado nos dois Lordes Sith que abriam caminho, nosso ataque teria acabado ali. Nem mesmo eu posso desviar da explosão de um canhão Merr-Sonn.

Ordenei a Lorde Venemal que saltasse no suporte onde estavam os protuberantes canhões. Momentos depois, o maquinário silenciou, e ele sinalizou que estava tudo limpo. Os comandos atiraram seus ganchos de elevação e se juntaram a ele no topo.

Enquanto guiava as tropas restantes montanha acima pela trilha, um tremor na Força ecoou através de mim. Os defensores de Ord Radama haviam colocado minas no caminho. Enfurecido por tal covardia, movi um pedregulho da lateral da montanha para o caminho à nossa frente. Então, rolei-o devagar vinte passos à frente de nós, usando energia mental focada, canalizada

Eu agora comando minha própria legião pessoal, a 501ª. Os mais novos stormtroopers do Império têm algumas dessas especialidades. —Vader

através do lado negro. A rocha detonou uma das minas e dispersou um grupo que preparava uma emboscada. Meus fire troopers acabaram com eles com a rajada de seus lança-chamas.

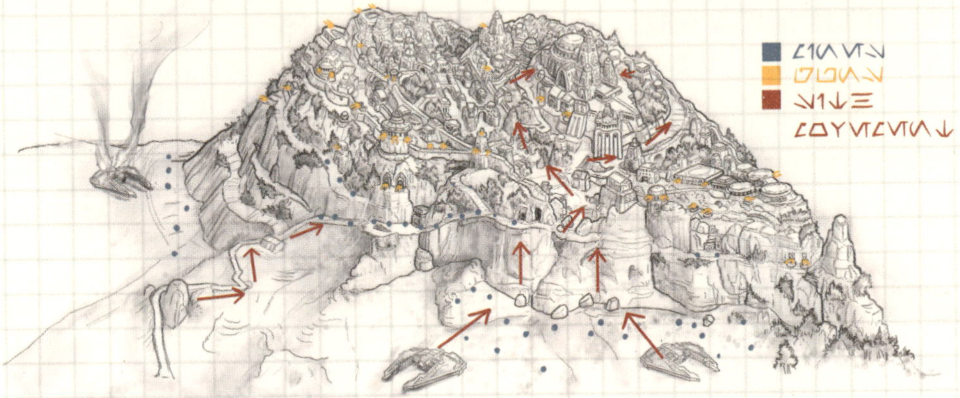

Nossa ascensão em Ord Radama explorou a cobertura natural oferecida pelas encostas.

Reencontramos a equipe de Venemal no pico da montanha. Seus comandos haviam varrido a fortaleza da República, não deixando sobreviventes. Tive que parabenizá-los por sua perfeição.

Nosso oficial de comunicações sinalizou para a Lindworm, e o restante das nossas tropas desceu no campo já seguro. Do começo ao fim, perdemos apenas duas naves de desembarque e suas tripulações.

Essa noite, enquanto meus soldados preparavam seus equipamentos, pedi que reforçassem seus espíritos. De pé, no alto de um tanque de guerra, meu chamado poderoso ecoou por quilômetros:

"VOCÊS SÃO SERVOS DO IMPERADOR E DO IMPÉRIO! VOCÊS SÃO A ENGRENAGEM DO CONFLITO. VOCÊS ESTÃO TRANSFORMANDO A GALÁXIA!"

Os soldados levantaram suas armas e suas vozes em concordância. Nosso progresso foi rápido. Logo iremos tomar a capital, Livien Magnus.

DE ACORDO COM A HISTÓRIA, DARTH MALGUS PARTICIPOU, DEPOIS, DO SAQUE A CORUSCANT E QUASE DESTRUIU O TEMPLO JEDI. COMO OS SITH NUNCA ESTÃO EM PAZ, ELES SEMPRE PROCURAM FAZER MAL AOS OUTROS. —LUKE

CAMPANHA DA ORLA – DIA 152 – MALGUS

A capital Livien Magnus sucumbiu. Eu trouxe glória para o Império, mas minha satisfação foi abreviada pela chegada de Lorde Adraas.

Lorde Adraas chegou dois dias atrás, enviado pelo Conselho Negro para auxiliar nossas operações. Sua presença e a decisão do Conselho me irritam. Nosso cerco a Livien Magnus só havia se efetivado fazia uma semana, não era tempo o bastante para declará-lo um impasse. A cidade teria sucumbido quando sua população ficasse faminta. Não era essa a estratégia por trás do Bloqueio Mandaloriano, que foi orquestrado pelo Conselho Negro? A tática interrompeu o tráfego ao longo da Rota Hydiana e tornou possível nossa campanha atual. Ainda assim, o Conselho ousa supor que me falta coragem.

Eu não ligo para droides de guerra. Eu só acho que são úteis como sparrings para treinar com o sabre de luz. Vader

Pior ainda é Adraas sorrindo confiante durante as sessões de estratégia. Como eu odeio aquele fracote, que busca o próprio avanço à frente do Império Sith. Adraas trouxe dez pelotões de droides de guerra, cerca de metade deles modelo Mark I e a outra metade Mark II. Adraas sente-se confiante de que esses droides podem passar atirando pelas defesas do perímetro da cidade e abrir caminho para o gerador de escudo que cobre a cidade como uma capa de energia protetora. Não vou desiludi-lo desse capricho.

Sei que droides de guerra Mark I são bem armados, com blasters de repetição geminados em cada braço. Droides Mark II têm armamento similar e melhor blindagem – mas nenhum dos modelos é sagaz. Os insetos Colicoides que os construíram instalaram um sistema de locomoção com pernas pontiagudas em rodízio que os deixa vulneráveis a manobras pelos flancos. Venemal e eu testemunhamos essa fraqueza.

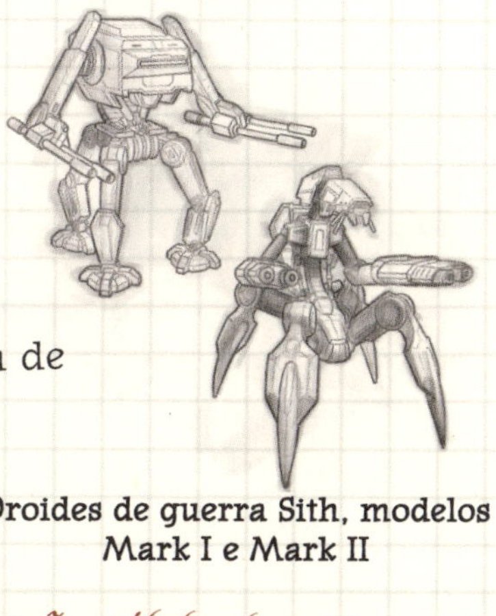

Droides de guerra Sith, modelos Mark I e Mark II

Há alguma verdade nisso. Droides são soldados descartáveis. Fáceis de construir e é eficazes apenas quando lançados em números esmagadores.

Então, com um leve aceno com a cabeça para Lorde Venemal, concordamos com Lorde Adraas quando ele anunciou sua intenção de realizar um ataque ao portão sul. Assistimos enquanto os droides de guerra eram mandados à batalha e feitos em pedaços no fogo cruzado com a infantaria entrincheirada da República.

Mas o fracasso provocou uma distração. Com a atenção do inimigo voltada para outro lugar, Lorde Venemal guiou seus comandos para a muralha oeste e abriu um buraco de fora para dentro, permitindo ao restante de nossas tropas penetrar a cidade.

Desligamos o gerador de escudo em menos de uma hora. Chamei, então, apoio aéreo para despedaçar os focos de resistência restantes.

Deveria me surpreender que Lorde Adraas tenha assumido os créditos pela vitória quando reportou as novidades para Darth Angral? Não, não estou surpreso. Estou enojado.

Adraas — alheio às nossas estratégias

CAMPANHA DA ORLA – DIA 179 – MALGUS

Vamos perder Ord Radama se não formos reabastecidos. O tolo do Adraas se foi, retornando para Dromund Kaas para bajular o Conselho Negro. Enquanto isso, Lorde Venemal e eu fomos deixados aqui para continuar nosso trabalho, defendendo a cidade de agitadores. Nosso efetivo não para de diminuir.

A qualidade essencial da Força é o conflito. Através do conflito, o forte mata o fraco e aproxima o sobrevivente da perfeição.

O Império Sith serviu à Força incitando o conflito. Mas, para a verdadeira melhoria acontecer, devo dar aos meus soldados ao menos uma chance de lutar de igual para igual contra os inimigos que pretendem destruí-los.

"PELA FALTA DE UM PARAFUSO A BATALHA ESTAVA PERDIDA", COMO O GENERAL RIEEKAN COSTUMAVA DIZER. O FLUXO DE RECURSOS É CRÍTICO PARA VENCER QUALQUER GUERRA.
—LUKE

O Ministério da Logística é o responsável por nosso reabastecimento, mas minha influência sobre a Ministra Khamarr nunca foi forte. Ela é uma das favoritas do Conselho Negro e atende às necessidades de Dromund Kaas antes de todos os outros. Por outro lado, enviei minhas requisições ao Ministro da Guerra Shareis, mas não recebi resposta alguma.

A política me enoja. Implorar por recursos a um burocrata não é papel adequado a um Lorde Sith. Todos esses funcionários deveriam sentir-se honrados em atender minhas ordens e lutar para vê-las cumpridas, pois nós Lordes Sith somos elevados acima dos não usuários da Força que servem ao regime galáctico. Mas nem o Ministro Shareis nem seus Grandes Moffs podem fazer nada por mim se outros Lordes Sith já pediram por recursos. O fulgor da lanterna da câmara de ração se reduziu a quase nada enquanto escrevo essas palavras. As rajadas de explosões dos bombardeiros cacophanizer silenciaram em estrondos distantes. Penso em você, Eleena. Como sempre, a fúria dentro de mim inflama quando penso em como você foi mantida longe de mim.

Minha Eleena

Todos os alienígenas são escravos no Império Sith. Todo recurso deve ser explorado quando a causa é a vitória total. Mas você, Eleena, provou seu valor — como serva, como guerreira e, talvez, como algo mais. Quando eu tiver conquistado tudo que vislumbro, terei a companhia que desejar. Nem mesmo o Imperador ousaria ordenar o contrário.

Uma ligação como essa conduz à perda e à tragédia. Tentei fazer outras descobertas, mas o diário de Darth Malgus não revela o destino de seu amor secreto.
Vader

CAMPANHA DA ORLA – DIA 215 – MALGUS

Desastre. Abandonamos Ord Radama. Venemal está morto, bem como a legião de tropas sob meu comando.

Meu reabastecimento nunca chegou. Não há dúvidas de que o Ministro Shareis sentiu que Lorde Adraas, ou algum outro diletante, deveria estar bem-armado para outro tour de inspeção desnecessário. Por sua incompetência, o Império está perdendo controle sobre os sistemas dos quais acabamos de assumir o controle.

Imbecis. Todos eles.

Ouvi dizer que até o Bloqueio Mandaloriano está se desfazendo por causa dos dois contrabandistas que se aliaram à República. Se a Rota Hydiana for reaberta, as gotas de reforços da República que retomaram Ord Radama se transformarão em uma inundação.

A Batalha de Ord Radama não foi perdida em terra. Venemal e eu poderíamos ter controlado a capital por tempo indefinido, armados apenas com nossos sabres de luz. Mas, na órbita acima de nós, tínhamos apenas o couraçado Lindworm e dois cruzadores de guerra Harrower.

Destróieres Estelares Imperiais são similares aos Harrowers e devem ser meu instrumento de disciplina entre os sistemas rebeldes da Orla.

Por outro lado, quatro cruzadores classe Hammerhead da República e dez corvetas classe Thranta chegaram do hiperespaço. Eles abalroaram o lado do Lindworm com uma barreira turbolaser antes que ela pudesse lançar seus caças estelares.

Do palácio em Livien Magnus, vi os flashes do combate na órbita enquanto o comunicador irrompeu em estática e falatório ansioso. Subi a bordo de minha lançadeira, ordenando ao Capitão Karm que me levasse até o Lindworm, onde eu poderia assumir o comando.

O capitão atuou com a habilidade de sempre, evitando os caças Aurek da República e fazendo um pouso forçado na abertura ventral do Lindworm. Mas, quando o elevador turbo me levou até a ponte, pude ver que a batalha estava perdida.

OS REBELDES CONFIARAM EM SALTOS HIPERESPACIAIS PRECISOS PARA EMBOSCAR A FROTA IMPERIAL. DE CERTA FORMA, DECISÕES SÃO MAIS SIMPLES QUANDO VOCÊ ESTÁ EM MENOR NÚMERO E TEM MENOS ARMAS. –LUKE

Um de nossos Harrowers soltava labaredas enquanto liberava uma chuva de módulos de fuga. O outro Harrower caiu com um golpe fatal, seu interior dilacerado por um grupo de torpedos de prótons. Não pude fazer nada para evitar sua queda no campo gravitacional de Ord Radama. Minutos mais tarde, atingiu o centro de Livien Magnus.

O Harrower atingido começa a descida.

Naquele instante, senti Venemal e centenas de milhares de outras formas de vida urrarem de dor e, então, sucumbirem em silêncio.

A força do meu grito retorceu as janelas de transpariaço da ponte e fez sangrarem os ouvidos da tripulação. O mais gratificante foi ver que a minha fúria sobrecarregou os lotes de combustível de uma onda de Aureks que avançava. As explosões brilhantes de suas mortes fez surgir um sorriso.

Através da Força, a angústia pode conduzir a um grande poder. Vader

Nada poderia ser ganho permanecendo no sistema estelar. Ordenei ao aturdido navegador que manobrasse o Lindworm para trás do campo minado de íons e fizesse o salto para o coração do Espaço Sith.

CAMPANHA DA ORLA – DIA 221 – MALGUS

A República nos perseguiu. O Bloqueio Mandaloriano agora se desfez por completo. A frota do inimigo penetrou o espaço Imperial.

A República fez um ataque a Korriban, ainda que eles tenham ameaçado aquele mundo muitas vezes para que eu possa considerá-lo seu verdadeiro alvo. Era esperado que a frota deles realizasse o salto, mas agora ela está reunida diante de Ziost.

Nossa situação é terrível e a vitória se articula na superioridade espacial. As naves capitais da República não derrubaram nossa linha defensiva, mas seus pequenos caças estelares passaram com facilidade por nossa cobertura. A Batalha de Ziost será vencida pelos pilotos.

Interessante que o combate entre naves tenha desempenhado papel crucial mesmo que caças estelares possam fazer manobras táticas contra naves principais e explorar suas fraquezas. Vader

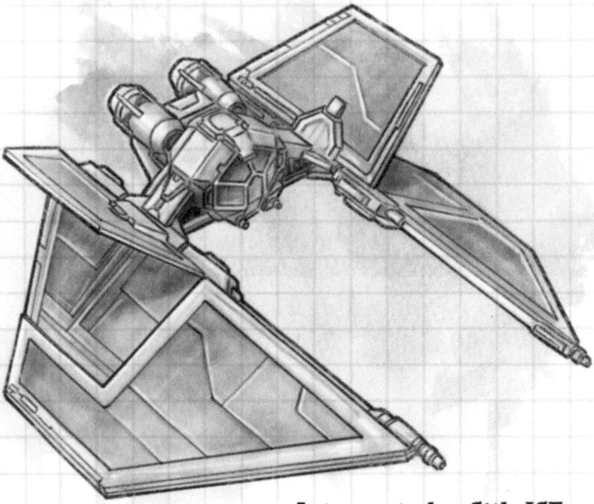

Interceptador Sith ISF

A REBELIÃO USOU A MESMA ESTRATÉGIA. O IMPÉRIO ERA SUPERIOR A NÓS EM NÚMEROS, MAS TÍNHAMOS OS MELHORES PILOTOS.

–LUKE

Conflitos diários acontecem na órbita e na atmosfera. E, a cada vez, alguns dos mais rápidos interceptadores e bombardeiros pesados da República atravessam nossas defesas até as copas das árvores de Ziost. Perdemos baterias vitais de canhões e arsenais de armas.

Nossas únicas proteções contra essa ofensiva são a habilidade dos nossos pilotos Imperiais e a tecnologia superior dos nossos

O papel desses interceptadores é comparável ao dos caças TIE do Império. Muitos elementos do design são os mesmos.

Vader

caças estelares. Nossos Interceptadores ISF são leves e de fácil manobra. Mas, ainda que os interceptadores sejam ideais para batalhas aéreas de alta velocidade, nossos caças estelares B-28 preenchem a lacuna de poder de fogo com seu armamento pesado. Nossos interceptadores classe Fúria atuam como transporte pesado, patrulhando as fronteiras do confronto para pegar qualquer nave que tente chegar à superfície.

Darth Angral acredita que estamos empatados com a República e que chegamos a um impasse. Ele está pedindo mais naves a Dromund Kaas. Eu pedi cautela. Um comandante Jedi com habilidades de meditação de batalha pode explodir naves de guerra e caças estelares com a mente, e os Jedi têm outros truques que poderiam virar a maré a seu favor.

LER SOBRE ESSES VELHOS MODELOS É FASCINANTE. ATÉ ONDE SEI, NÃO HÁ MAIS NENHUMA RELÍQUIA CAPAZ DE VOAR. UMA PENA, POIS EU ADORARIA LEVAR UMA DELAS AO LIMITE.

-LUKE

CAMPANHA DA ORLA – DIA 258 – MALGUS

Devemos agora defender o centro do nosso próprio território. Sinto-me enfurecido pelo Conselho Negro, que deixou a guerra alcançar Ashas Ree; ainda assim, eu me permito alguma admiração pela maneira como a República nos enrolou.

Eles fizeram o primeiro ataque contra as embarcações de Lorde Angral enquanto ainda se encontravam reunidas em Ziost. Chegamos bem a tempo de conter seu avanço até a guarnição central. Eles pensam que podem tomar esse mundo? Eles esperam fortificá-lo como um ponto de parada para ataques contra Dromund Kaas? Ou isso é uma forma de preocupar nossas forças mais uma vez enquanto capturam outro objetivo?

A capital de qualquer força de batalha precisa ser protegida acima de tudo. Um exército que perde a capital perde a autoridade.

Vader

Coruscant é impenetrável. Nenhum inimigo pode jamais pensar em abalar meu controle sobre esse mundo.

ISSO FOI ANOS ANTES DA NOVA REPÚBLICA, ENFIM, TOMAR CORUSCANT DOS SUCESSORES DE PALPATINE, MAS A PERSEVERANÇA VALEU A PENA.

-LUKE

Escrevo de uma clareira no entorno da guarnição, em meio ao acampamento dos doutrinadores do planeta, que desejam o retorno ao isolacionismo do Império. Muitas vezes, eles se opuseram ao Imperador – mas, hoje, somos todos Sith.

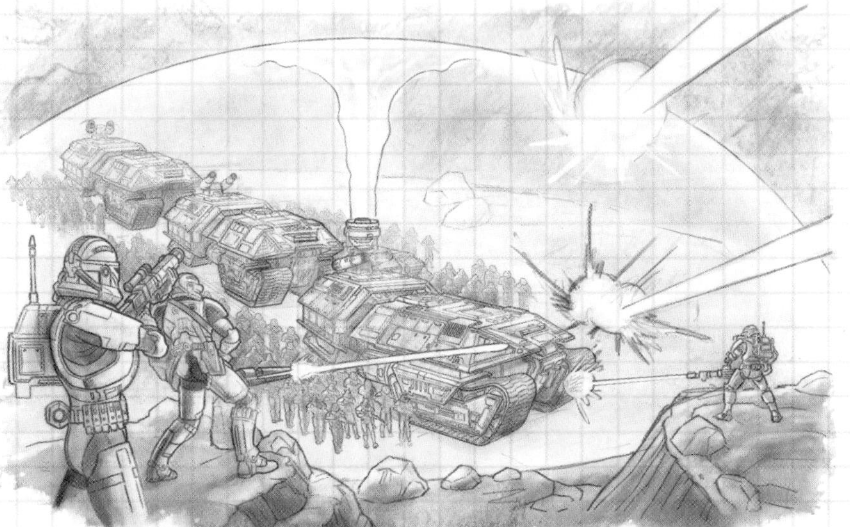

Tanques de guerra Sith nos limites do escudo

Eu comando uma linha de tanques de guerra posicionada para conter flutuadores blindados da República que provocam regularmente as nossas defesas ao longo da fronteira da selva. Sobre a minha cabeça, o escudo de energia que protege a guarnição fulgura em branco a cada impacto de bomba. De vez em quando, uma rajada de explosão de turbolaser nos alcança da batalha naval na órbita.

Soube que o comandante da República por trás desse movimento arrojado é o Mestre Jedi Ven Zallow. Apesar de sua submissão à blasfêmia Jedi, ele ao menos parece compreender a verdade do aprimoramento através do combate.

Mestre Zallow e aqueles como ele podem ainda perceber seus erros e se unir à causa Sith. Até lá, farei tudo que está ao meu alcance para livrar a galáxia deles. Desde a visão que tive em Korriban tantos anos atrás, sei que meu destino é exterminar os Jedi e destruir seu Templo obsceno.

O Templo Jedi precisava ser destruído se desejássemos acabar com as Guerras Clônicas. No fim, salvei vidas. *Vader*

CAMPANHA DA ORLA – DIA 315 – MALGUS

A Batalha de Ashas Ree terminou – outra vitória para o Império! E, mais uma vez, os indignos têm buscado status na conquista deste triunfo. Adraas não é nada além de um vil parasita que se alimenta das carcaças das bestas que eu assassino. Um dia não tolerarei mais sua atitude. Eu o farei sofrer.

O Conselho Negro reconheceu o papel que desempenhei na defesa do planeta e me informou, através de um de seus agentes, que não passarei mais por falta de suprimento como a que nos custou Ord Radama. A aprovação do Conselho é insignificante, mas aceitarei seus recursos com prazer.

Eu não respeito espiões e outros que se escondem nas sombras. Aqueles que desejam lutar devem deixar suas intenções claras.

Vader

Recebi a palavra da Inteligência Imperial de que o Mestre Jedi Ven Zallow e suas forças estão sediados em Serenno. Aquele mundo antigo de casas nobres reagiria muito rápido a um ataque direto; então, decidi usar um infiltrado.

O Imperador, em sua sabedoria, passou muitas décadas instalando infiltrados Sith em posições de poder por toda a galáxia – muito antes de a armada disparar o primeiro tiro. Na verdade, esses agentes fizeram os governadores de Ruuria, Sernpidal e Belkadan se voltarem para a nossa causa. Seu trabalho desvirtuador permitiu a emboscada para a frota republicana no Braço Tingel – nossa primeira grande vitória nessa guerra.

Apenas uma fração dos infiltrados do Imperador foi ativada até a presente data. Mas Darth Caba reuniu relatórios da inteligência que indicam um nobre do alto escalão de Serenno, que tem os ouvidos do Mestre Zallow, como um dos nossos secretas.

A importância de Serenno seguiu inalterada ao longo do tempo. Meu servo, Conde Dookan, mobilizou sistemas Separatistas explorando seu status de nobre de Serenno.

Ven Zallow está cego para a ameaça em seu próprio centro de comando.

Há urgência nessa situação, no entanto. A informação fornecida por agentes de alta patente — ciphers, como eles chamam a si mesmos — sugere que, em breve, a República saia de Serenno para uma nova base avançada. Se não atacarmos agora, perderemos nosso momento.

O assassinato de Mestre Zallow e a ruptura da estrutura de comando da República devem ser levados adiante. Mas me disseram que devo esperar que um dos infiltrados conclua uma missão. Então, esperamos o aviso de que tudo correu bem por meio de nossa rede cipher.

Minhas naves de guerra estão de prontidão. Não vou comer, beber ou dormir até que comecemos a batalha. A privação acelera os reflexos e aguça a mente. Devo estar em minha melhor forma, pois Serenno está aos pés dos Jedi.

TRANSPARÊNCIA É UM DOS PRINCÍPIOS DA NOVA REPÚBLICA QUE EU CONTINUO A DEFENDER. AS PESSOAS TÊM O DIREITO DE SABER O QUE SEUS LÍDERES SABEM. JÁ DISCUTI ESSE PONTO CENTENAS DE VEZES COM O CHEFE DE ESTADO FEY'LYA.

-LUKE

CAMPANHA DA ORLA — DIA 342 — MALCUS

A operação em Serenno só foi bem-sucedida em parte. Uma transmissão subespacial dos ciphers anunciou que o infiltrado atacara. Ordenei à frota que fizesse o salto. Surpreendemos as embarcações da República e as dispersamos.

Conquistamos a villa da Casa Palerma, que os Jedi vinham usando como posto de comando. Mas a fúria me atravessou quando descobri o corpo do infiltrado caído no chão do salão de festas, cortado ao meio pelo sabre de luz de Zallow. E Zallow havia escapado a bordo de um dos cruzadores da República!

Ainda que Serenno agora pertença ao Império, ainda não nos aceitam. É inacreditável, mas as Casas de Teramo e Comprassi contrataram mercenários para nos expulsar. Acordei na noite passada com o som de bombas magnéticas aceleradoras batendo contra o revestimento de permacreto das paredes da villa.

Por sorte, vim para Serenno preparado. O Conselho Negro me abasteceu com um esquadrão de assassinos de elite. Nunca desejei esse caminho. Meu poder vem da fúria e é aperfeiçoado pelo combate. Prefiro sentir o cheiro do medo no

Eu compartilho da opinião de Malgus. Há muito pouca coisa que não pode ser resolvida com um sabre de luz. Vader

suor de um inimigo que manipulá-lo com feitiços a distância. Mas, naquele momento, eu estava contente por ter os assassinos sob meu comando.

Assassinos Sith completam sua varredura em solo.

De um parapeito, assisti aos assassinos cercarem a villa e se espalharem em todas as direções. Eles iluminaram a escuridão sem lua com flashes de relâmpagos azuis. Seus comandantes os direcionaram aos atacantes, como neks de batalha perseguindo o alvo de uma caçada.

Os mercenários abandonaram suas armas pesadas e atiraram com antiquadas pistolas de ondas de choque. Uma tentativa patética com armas fracas. Seus gritos logo cessaram e eu garanti algumas horas a mais de sono antes de o sol nascer.

CAMPANHA DA ORLA – DIA 399 – MALGUS

O Imperador Sith nos ordenou que recapturássemos Ord Radama. Eu liderarei o ataque. Há boatos de que alguns me culpam pela morte de Lorde Venemal e pela derrota que sofremos lá. Essa campanha deverá restaurar minha honra e provar que o Império Sith está em forma.

Não deixarei nada ao acaso. Soldados comuns não usam o lado negro, e os Inquisidores Sith são descomprometidos demais para o meu gosto. Para essa batalha, comandarei um regimento de guerreiros robustos na Força.

Os métodos e as tradições do guerreiro são os meus próprios. Das meditações do meu pai sobre a morte até as lições dos meus tutores na academia de Dromund Kaas, fui nutrido pelo lado negro e cresci forte. Outros ofuscam os próprios sentidos com especiarias e bebidas, mas guerreiros sabem que o combate é a única experiência a ser saboreada.

Outros Lordes Sith mantêm na reserva seus guerreiros de elite do lado negro, longe do inimigo, para preservar conhecimentos estratégicos. Que desperdício! Tais guerreiros alcançaram essa categoria porque lutaram e venceram. Negar-lhes a honra do combate é chamá-los de inúteis. Isso não só é um insulto como enfraquece o Império Sith como um todo.

Guerreiros são animais. Agentes como Darth Maul têm sua utilidade, mas nunca conseguem se expandir para além de seu limitado conjunto de tarefas.

Um guerreiro Sith encarna pureza.

É verdade que existe honra no combate mano a mano. Estou farto das punhaladas dos burocratas do Império pelas costas. Vader

Conduzirei o ataque à capital de Ord Radama realocada em Nova Raido. Meus guerreiros são especialistas na arte de empunhar dois sabres de luz e estão equipados com armaduras de combate recém-manufaturadas em Balmorra. A armadura é pesada, mas guerreiros são detentores de resistência sem-fim.

Droides, troopers, comandos e outros seguirão após rompermos as defesas da cidade. A Inteligência Imperial informa que a República pouco fez para fortificar Ord Radama e que os nativos têm lutado para sobreviver após a destruição de Livien Magnus.

Nossa vitória mal poderá ser classificada como um conflito, mas será o bastante. A partir de Ord Radama, serei capaz de procurar novos alvos de conquista para o progresso do Império Sith.

ALIMENTAR-SE DE FÚRIA DESSA MANEIRA LEVA OS COMBATENTES PARA O LADO NEGRO, MAS, QUANDO ELES SE AFASTAM, PODEM SER MUITO MAIS RECEPTIVOS À LUZ. NEM TODOS ESSES GUERREIROS SÃO IRREDIMÍVEIS. -LUKE

CAMPANHA DA ORLA — DIA 460 — MALCUS

A Reconquista de Ord Radama está entrando em seu 51º dia. Outro comandante se sentiria consternado com as nossas baixas ou pela maneira como os Jedi confundiram os ciphers da Inteligência ao permanecerem disfarçados entre os camponeses do planeta até que iniciássemos nosso ataque. Não eu. Isso é um júbilo. Uma conquista fácil contaria muito pouco, mas esse glorioso banho de sangue beneficia ambos os lados.

Os Jedi sempre foram nosso verdadeiro alvo, não os modestos troopers da República ou insurgentes enfurecidos de mundos subjugados. Agora, temos combate de sabre de luz e duelo da Força em grande escala. Com cada cadáver que criamos, expomos a mentira de seu pacifismo ofensivo. Aqueles que perecem em nossas próprias fileiras são como nós removidos de uma estaca de madeira greel. Ficamos mais afiados a cada corte da faca.

O ritmo dessa batalha me custou a benevolência do Conselho Negro e de Darth Angral. Mas sairei vitorioso, e meu triunfo garantirá meu lugar no exército que ataca Coruscant.

Muitos Jedi morreram no glorioso banho de sangue de Ord Radama.

O AMOR DO IMPERADOR POR SUPERARMAS NOS AJUDOU A DERROTÁ-LO. UMA GRANDE ARMA TAMBÉM É UM GRANDE ALVO, E NADA É INVENCÍVEL.
-LUKE

Mecanismo central do Ceifador Negro conforme gravação no Holocron de Qel-Droma

Essa batalha não durará muito mais. Durante a última Grande Guerra Sith, o Lorde Negro Exar Kun construiu uma arma de tamanho poder que pode arrasar a essência de vida de um exército inteiro. Ela era conhecida como o Ceifador Negro. Ainda que tenha se perdido no tempo, o Conselho Negro acredita que seu mecanismo central está em algum lugar de Ord Radama.

Uma fagulha de discernimento de Malgus! Um Sith sempre deve pensar em escala monumental.

Assim como devemos, em breve, saborear a vitória, devemos também encontrar logo essa arma. Eu não me importo se a colocaremos em funcionamento aqui ou em Coruscant. Sirvo ao Imperador ao cortar fora os indignos. Não haverá misericórdia com os Jedi.

CAMPANHA DA ORLA – DIA 479 – MALGUS

Estou reunindo uma força-tarefa para organizar um ataque em direção ao Núcleo do Espaço Republicano. O Conselho Negro colocou os seguintes ativos à minha disposição:

- 4 cruzadores de batalha Harrower
- 48 transportadores classe Fúria
- 192 interceptadores ISF
- 720 droides de guerra Mark I
- 480 droides de guerra Mark II

Essa arma foi desenterrada em Raxus Prime durante as Guerras Clônicas. Malgus estava cavando no lugar errado.
Vader

A Regra de Dois

Poder do Sith

A Força não é fogo, é veneno.

Nessa simples máxima está toda a filosofia Sith. O que Lorde Kaan e meus outros predecessores menos importantes não conseguiam compreender é que tal verdade fundamental não é evidência de discernimento da minha parte, mas, ao invés disso, estupidez da parte deles.

A Força não é fogo. Ela não pode ser passada da tocha de um usuário para a de outro e depois de outro, até que um hemisfério inteiro esteja iluminado com a labareda de um milhão de luzes. Era nisso que Kaan acreditava de maneira tola, e todos os Lordes Sith antes dele, pelos últimos mil anos. Foi por isso que os então poderosos Sith desmoronaram muito antes da derrota em Ruusan. Quando todos carregam uma chama, não importa quão fraca e reduzida ela possa ser, logo concluem que são as estrelas mais brilhantes, em torno da qual todos os outros devem orbitar. A luta interna se segue e a vitória Jedi se torna inevitável.

Não, a Força é veneno. Se ela é dosada em várias taças, perde sua potência até que se torne tão diluída que cause apenas irritação. Entretanto, coloque todas essas taças em um único vasilhame e você terá o poder de parar o coração de um dragão Krayt.

Esse é o segredo. Essa é a Regra de Dois: um Sith deve conter todo o poder do lado negro. Um Mestre deve decidir como esse poder deve ser usado. Dividir o poder é ato de fraqueza e violação do Código Sith.

BANE ESTAVA ERRADO. A FORÇA É FOGO. QUANDO O IMPERADOR TOMOU O PODER, OS JEDI ESTAVAM QUASE EXTINTOS E A GALÁXIA SOFREU. TENHO TRABALHADO PARA RESTAURAR A ORDEM JEDI, E NOS TORNAMOS CADA VEZ MAIS FORTES À MEDIDA QUE PASSAMOS A CHAMA — NOSSA LUZ SE ESPALHA.
—LUKE

A ligação entre Mestre e pupilo é o alicerce da nossa Ordem.

Ainda assim, a Ordem Sith *precisa* sobreviver depois que o Mestre perece. Por essa razão, ele deve ter um aprendiz. O Mestre instrui seu pupilo, mas nunca abre mão da menor lasca de poder. O aprendiz se instrui através de anos de estudo, mas deve lutar para obter cada conquista. Se o aprendiz se torna forte o suficiente, uma batalha até a morte provará isso. Se o Mestre for derrotado, o aprendiz se tornará Mestre — e a Ordem continua.

Juntos, os dois podem atrair legiões de subordinados, mas o verdadeiro poder permanece concentrado. Sempre dois — um Mestre e um aprendiz.

O poder de Bane foi passado por mil anos.
Prometo ser seu último recebedor.

Os Erros de Ruusan

"Todos são iguais na Irmandade da Escuridão." Tais palavras pútridas saíram dos lábios de Lorde Kaan mais vezes do que eu possa lembrar. Essa mentira fundamental, sobre a qual Kaan construiu seus falsos Sith, é a razão por trás de o poder deles ser diluído e aguado.

As chamadas Novas Guerras Sith duraram mil anos. Durante esse período, muitos senhores da guerra procuraram controlar o destino do Império Sith. Eles conquistaram vitórias da Batalha de Mizra às Guerras Sictus, mas esses triunfos não tiveram uma linha clara de sucessão. Todo Sith queria ser rei. Então discutíamos, enquanto a República se fragilizava — seus cidadãos adoecidos com a praga — e se isolava por causa de uma infraestrutura decadente. A garganta de Coruscant estava exposta sob nossas lâminas, mas, por incrível que pareça, os Sith cravaram suas facas nas costas uns dos outros! Kaan não foi o pior desses tolos, apenas o último.

Ele criou a Irmandade da Escuridão para acabar com a rixa, mas escolheu o falso igualitarismo no lugar de uma regra central. Dentro da Irmandade, todos os membros com classificação se chamavam Lordes Sith. Esse foi o primeiro erro de Kaan.

Servi na Irmandade da Escuridão como sargento designado para os Walkers da Escuridão e conduzi meus companheiros na captura de Phaseem. Se tivéssemos mantido uma estratégia militar sensata e seguido uma conquista ordenada, a República teria sido nossa. Mas Kaan era impaciente. Ele exagerou e saltou para o setor Bormea, o coração da República, antes da hora. Esse foi seu segundo erro.

O terceiro e último equívoco de Kaan foi em Ruusan, um mundo imprestável no qual ele esperava derrotar Lorde Hoth

Ouvi falar das Reformas de Ruusan, mas não sabia tudo sobre isso. Por que os Jedi não falam sobre essa batalha? Qvos

Kaan e seus lacaios — nenhum deles sabia o próprio lugar.

A BOMBA MENTAL EM RUUSAN.

e o Exército da Luz Jedi. Em vez disso, ele estava instigado por uma disputa de território com atritos desnecessários. Assisti ao seu desdobramento e percebi que os Sith haviam se tornado como os Jedi — numerosos demais e fracos demais. Kaan perdera o controle.

No fim, Kaan seguiu minha sugestão e reuniu as habilidades dos outros Lordes Sith para criar uma maravilha da força bruta: a bomba mental. Aquela foi a prova do que o lado negro era capaz de conseguir quando não estava dividido entre milhares. No entanto, a bomba mental consumiu não apenas os combatentes Jedi, mas também os Sith que a haviam criado. Isso acabou com a guerra e exterminou a Irmandade de Lorde Kaan.

KYLE KATARN, UM DOS MEUS ALUNOS, DESFEZ O VÓRTICE DA BOMBA MENTAL EM RUUSAN E LIBERTOU OS ESPÍRITOS QUE FICARAM APRISIONADOS LÁ DENTRO POR MAIS DE MIL ANOS.

—LUKE

O Título de Darth

Se meu plano não tivesse funcionado e Kaan não tivesse se matado com a bomba mental, eu seria forçado a matá-lo. A aniquilação em Ruusan foi uma dádiva, dando fim a todos aqueles que não tinham valor. Eu, Darth Bane, e minha aprendiz, Darth Zannah, sobrevivemos e retornamos a potência Sith às nossas mãos, para que a Regra de Dois pudesse ser instituída.

Não foi por acidente que tomei o título de Darth quando me tornei mestre do lado negro, tampouco a rejeição de Kaan e de seus seguidores. É um título de poder. Ele carrega autoridade e é coroado pelo julgamento da história. Ele simboliza transformação. Quando tomei Darth como meu título, abandonei meu nome de infância. O que importa se eu já fui um mineiro ou soldado? A única coisa que importa é o que conquistarei.

Andeddu, Revan, Malak, Malgus, Ruin
— a linhagem deles culmina em mim.

Darth Maul, Darth Tyranus, Darth Vader. Cada um útil à sua maneira. Cada um fácil de substituir quando seu propósito atingia o m.

Alguns acreditam que *Darth* derive do antigo termo Rakatan *darr tah*, que significava "triunfo sobre a morte", ou *daritha*, que significava "imperador". Porém, o verdadeiro significado da palavra não vem de nenhum idioma, mas das honrosas histórias e conquistas daqueles que carregaram esse título:

Darth Andeddu, o deus-rei de Prakith, que buscou viver para sempre.

Darth Revan e Darth Malak, que construíram o novo Império Sith que rivalizou a República em sua influência por toda a galáxia.

Darth Malgus, que liderou as tropas no Templo Jedi durante o Saque de Coruscant.

Darth Ruin, que deixou a Ordem Jedi para perseguir sua filosofia obsessão de interesse próprio e deu início à guerra dos mil anos que terminou em Ruusan, e que estava entre os últimos a deter o título de Darth — até que eu o tomasse de novo.

Lorde Kaan pregava que todos eram iguais na Irmandade da Escuridão, mas ele não ousava apontar mil Darths. Na realidade, ele não autorizava o uso do título de forma alguma. Talvez tenha sentido o poder inerente a ele — que o indivíduo que possui o título não permitiria que rivais vivessem. Talvez seu uso tivesse forçado Kaan a confrontar a verdade — que sua abordagem da Força era uma desgraça.

Restaurei o título de Darth na Regra de Dois para que apenas os merecedores possam detê-lo a partir de agora, até o fim dos tempos.

O TÍTULO PARECE TER EXPIRADO COM MEU PAI. TENHO ORGULHO DE TER SIDO A MINHA FAMÍLIA A PÔR UM FIM NELE.

-LUKE

Eu ataquei das sombras enquanto permanecia à vista de todos. É um disfarce superior.

Atacando das Sombras

Os Sith do passado anunciaram sua superioridade de modo público e descarado. Nisso, agiam corretamente. Eles estavam errados, no entanto, se pensaram que nenhuma legião de inimigos se levantaria contra eles.

Os Sith sempre foram caluniados como seres malignos e perversos, iguais aos cacodemônios das lendas infantis que se escondiam em lugares escuros com as presas pingando. Como a submissão a tal horror é impensável, muitos acreditavam que deveriam lutar ou, então, encarar o extermínio. Os Jedi não têm vergonha de espalhar essa propaganda alarmista.

Sob a Regra de Dois, os Sith operarão em segredo — alimentando a crença de que são uma coisa do passado, esquecidos em suas covas em Ruusan. Não podemos tornar conhecida a nossa presença.

O lado negro da Força está, enfim, concentrado. Ele dá poderes ilimitados aos dois seres, mas os Sith não podem arcar com a perda de nenhum de vocês! Não façam de vocês mesmos os alvos. Mesmo um Lorde Sith pode ser derrubado por mil inimigos.

Se existe um único ser que acredita na continuidade da existência dos Sith, mate-o. Se um grupo descobre o segredo, vocês devem recorrer ao subterfúgio e à desorientação. Em um dado momento, os Jedi acreditaram que tinham evidência da minha própria sobrevivência depois de Ruusan. Minha aprendiz e eu inventamos um ardil no qual ela levou seu irmão à loucura e o fez parecer o terrível "Lorde Sith." Isso satisfez a necessidade Jedi de designar culpa, e eles seguiram em frente.

A TENDÊNCIA A SE ESCONDER ME ASSUSTA. PODE HAVER AMEAÇAS LÁ FORA QUE AINDA NÃO ENCONTRAMOS. —LUKE

Os Jedi aprenderam sobre a Regra de Dois há mais de um século pelo cultista Kibh Jeen. Alguns deles não acreditaram. Agora que a luta de Obi-Wan em Naboo confirmou a verdade, os Jedi estão prontos para encarar seja lá o que os Sith estiveram preparando.

Vos

Os gênios do submundo são meras marionetes dos Sith.

A Ordem Sith é agora uma linhagem. Dadas as suas habilidades, vocês devem considerar isso uma simples questão de acumulação de riqueza. Então, a cada sucessão, os recursos dos Sith aumentarão. Não construam palácios, pois eles chamarão a atenção. Usem seu dinheiro para contratar espiões, estudiosos, assassinos, instrutores, guardas e ladrões. Todos se provarão úteis, e o brilho dos créditos os distrairá de sua real natureza.

Curioso. Conduzi os Sith à sua última vitória. Através do estudo, logo aprenderei como derrotar a morte. Enquanto isso, posso escolher aprendizes, mas nunca sucessores.

Selecionando um Aprendiz

Mais uma vez, a Ordem Sith é uma linhagem. *Ela não deve terminar em vocês!* Não permitirei que minha nova Ordem Sith seja extinta porque vocês foram indignos ou muito protecionistas para conservar o próprio poder.

Saibam disso: Seu aprendiz irá matá-los. Se esse fato os amedronta, então a Ordem Sith já sofreu uma infecção fatal. Sua existência na Ordem não é necessária. Sua batalha já foi perdida.

Um aprendiz Sith deve ampliar sua força e sua habilidade até que possa superar o Mestre. Qualquer coisa diferente disso é regressão! Vocês gostariam que os Sith acabassem como os "reis" de Shawken, cujo domínio se partiu até a ruína?

Ou vocês acreditam que viverão para sempre? Vocês não estão errados em cobiçar esse segredo, já que eu procurei prolongar minha própria vida. Mas, no fim das contas, isso leva ao narcisismo e à falta de foco na Regra de Dois. Ser um Lorde Sith é enganar seus inimigos e estar preparado para qualquer eventualidade. Um aprendiz adequado assegurará a resistência dos Sith, não importa qual destino se abata sobre vocês.

Existem muitos sensíveis à Força entre as estrelas. Procurem os que ainda não foram descobertos ou submetidos à corrupção Jedi. Vocês acharão mais fácil moldar os jovens, já que seus corpos e mentes ainda estão em desenvolvimento. Vocês podem desejar treinar alguns candidatos de uma vez. A rivalidade entre eles fará aflorar suas naturezas essenciais, tornando improvável que unam forças contra vocês.

Digam a eles que apenas um sobrevivente se tornará seu aprendiz. Deixem que derrotem uns aos outros em combate, que traiam uns aos outros durante o sono ou que joguem com

ESSA É A RAZÃO PELA QUAL OS JEDI ESTIMULAM O TREINAMENTO DESDE A INFÂNCIA. À MEDIDA QUE SEUS PODERES CRESCEM, AQUELES QUE PODEM USAR A FORÇA DEVEM APRENDER COMO PODEM AJUDAR OS OUTROS, NÃO APENAS ELES MESMOS. -LUKE

as suspeitas e tensões. Todas são habilidades admiráveis para um futuro Lorde Sith. Depois, assista enquanto destroem uns aos outros.

Não me dei ao luxo de empregar esse método quando selecionei minha própria aprendiz. Mas, se ela parecer relutante para tomar o meu lugar, treinarei um segundo aprendiz para substituí-la. Os talentosos e ambiciosos receberão suas recompensas; o resto apenas sentirá o gosto das cinzas.

O conflito afia as habilidades e fortalece os Sith.

Obi-Wan matou um Sith em Naboo. Acho que poderíamos acabar com isso destruindo Dookan também. QVos

A Vingança dos Sith

Sob a Regra de Dois, os Sith concentrarão poder em um Mestre e em um aprendiz para que um dia nos revelemos para os Jedi. Em algum momento, nós nos vingaremos.

Civilização galáctica é um termo vazio quando essa civilização não tem liderança. Com uma visão clara e meios de decretá-la, um regime Sith seria capaz de construir grandes maravilhas em detrimento das leis naturais do silêncio, da imobilidade e da ruína. Kaan era um tolo, mas ele estava certo sobre uma coisa: as leis da atual República apenas incitam essas forças caóticas e somente o caminho Sith conduz à maestria sobre a entropia.

CONTEMPLEI UMA GALÁXIA SOB O GOVERNO SITH.

O caminho Jedi ensina harmonia e paz. Mas, se nós aspirássemos apenas à harmonia, então seres inteligentes ainda estariam procurando por comida em tocos podres de árvores. O lado negro da Força é tanto um facilitador como um guia. Para avançar na causa Sith, vocês devem lutar contra aqueles que atrasam o progresso. Vocês e aqueles que os sucederem estão construindo um arsenal de potência do lado negro. Um dia, ele conterá o poder para destruir os Jedi e dar propósito à Força.

Lembre-se do Código dos Sith: *Não há paz, apenas paixão*. Ao criar um novo regime, os Sith derrotarão a complacência dos Jedi. E o que criaremos será glorioso!

PALPATINE FALHOU. MEU PAI SUPEROU A MALDADE DE SEU MESTRE. TESTEMUNHEI O RETORNO DO JEDI QUANDO LUTAMOS NAS GUERRAS CLÔNICAS E SEI QUE ELE ENCONTROU CONFORTO NO LADO LUMINOSO DA FORÇA. —LUKE

Os Jedi não sobreviveram. Mestres Windu e Yoda previram a verdade, mas não puderam ficar contra mim. A muito atrasada vingança de Darth Bane se tornou meu triunfo pessoal.

Combate Pessoal

Afirmei que a Força é veneno. Por serem Lordes Sith, vocês percebem a verdade em minhas palavras. Não diluam o nosso poder! Vocês devem se manter fortes, não apenas em números, mas em combate. A mais pura expressão da vitória é através do combate. Não permitirei que meu legado se torne uma cópia malfeita de uma cópia. Essas páginas contêm o que vocês precisam saber se desejam derrotar um inimigo com um sabre de luz ou com a Força. Não confiem cegamente no que seu próprio Mestre lhes ensinou. Estudem essas artes, bebam direto da fonte.

Construção do Sabre de Luz

Eu adoraria ter uma vantagem no combate, mas quem deseja isso são os Sith. Sabres vermelhos são mais fracos e ELES é que quebram. De qualquer maneira, os Jedi não gostam de cristais artificiais. Não quando existem tais belezas em Ilum. Qvos

O sabre de luz é a arma de um Lorde Sith. Manejada da maneira correta, é uma extensão de seu corpo, um membro que não requer pensamento consciente para se mover ou se posicionar. Se vocês perderem seu sabre de luz, deverão se sentir como se tivessem sofrido uma amputação.

Os Jedi também usam sabres de luz e coletam seus cristais em uma mina. Os Sith, no entanto, há muito tempo têm uma alternativa superior. Elementos brutos fundidos em grupo em uma fornalha produzirão um cristal artificial capaz de gerar uma lâmina de energia que queimará com uma brilhante luz escarlate.

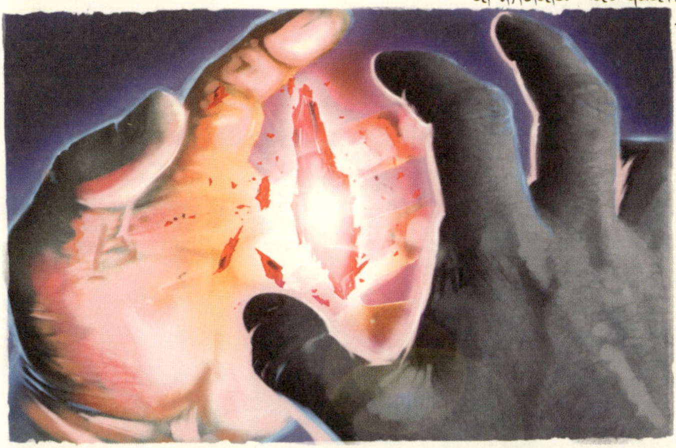

Removendo as impurezas de um cristal Sith forjado

Foi isso que se tornaram os Jedi — fragilizados e fracos.

Como esse cristal artificial é forjado através da meditação do lado negro, ele carrega a essência da sua determinação. Saibam que sua lâmina vermelha é forte e pode quebrar as lâminas verde e azul dos Jedi! Tais resultados são prova de que um indivíduo pode superar qualquer coisa encontrada na natureza.

O SABRE DE LUZ É UMA CONSTRUÇÃO MECÂNICA, MAS EU ACREDITO QUE O USO DE UM CRISTAL NATURAL AJUDA A LIGÁ-LO À FORÇA VIVA. —LUKE

Variantes de Sabre de Luz

Os componentes restantes do sabre de luz podem ser montados tanto a partir de materiais do dia a dia quanto dos metais mais raros. Pouco importa, desde que o centro cristalino tenha sido forjado pela sua determinação. Os outros elementos — uma célula de energia, uma matriz emissora e um anel emissor magnético ou lentes de foco — serão colocados em torno do fragmento vermelho dentro do cabo. O cristal é especial, mas essas peças são substituíveis. Usem-nas, troquem-nas, mas sempre se certifiquem de que o cristal e a lâmina são brilhantes e fortes.

Dependendo do estilo de luta escolhido, vocês podem incorporar inovações ao cabo de seus sabres de luz que irão ajudá-los. Não se importem com formalismos, apenas com o resultado. Se uma inovação funciona, não hesitem em usá-la. Se ela se mostrar supérflua, excluam-na de imediato.

Trava da lâmina: Uma pequena fenda adicionada ao lado do botão de ativação possibilitará deixar a lâmina ativada após deixar a sua mão. Isso é útil para arremessá-la, mas pode ser perigoso se o sabre de luz sair da sua mão por acidente ou um empurrão da Força os fizer largarem o sabre.

Travar a lâmina em uma posição transformará seu sabre de luz em um dardo de arremesso.

ESSAS VARIAÇÕES DE PUNHO SÃO INTERESSANTES. STREEN, UM DOS MEUS ANTIGOS ALUNOS, CONSTRUIU UM COMPARTIMENTO SECRETO EM SEU SABRE DE LUZ PARA GUARDAR FICHAS DE CRÉDITO DA NOVA REPÚBLICA.
—LUKE

Punho de pressão: Essa personalização substitui o botão de ativação e assegura que o sabre de luz só será ligado quando segurado. Se vocês alinharem o punho de pressão à sua biologia única, serão os únicos a poder ativá-lo.

Ativação da Força: Com essa configuração, o circuito que conecta a célula de energia ao cristal só poderá ser fechado com a sua energia mental. Apenas vocês podem empunhar tal sabre de luz. Mas, se vocês se desconcentrarem durante o combate, sua lâmina poderá piscar.

Punho de beskar: O beskar, também conhecido como aço mandaloriano, é resistente a um ataque de sabre de luz. Esse material é raríssimo, mas, se vocês escolherem incorporá-lo ao design do seu cabo, ele poderá ser usado para interceptar uma lâmina Jedi.

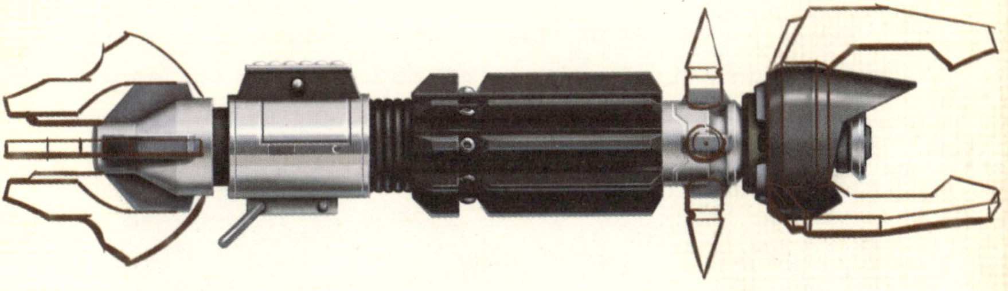

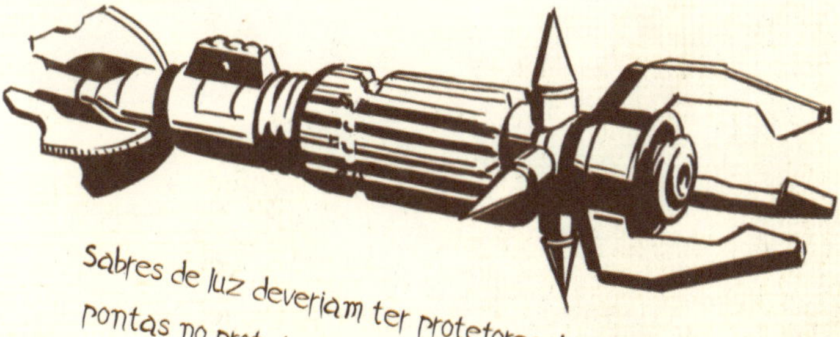

Sabres de luz deveriam ter protetores de mão — se vocês colocarem pontas no protetor, poderão usá-lo para dar socos!
Qvos

Combate de Sabre de Luz

Os Jedi ensinam seis formas de combate de sabre de luz. Isso é excessivo e uma perda de tempo. Não há necessidade para um Lorde Sith estudar qualquer forma que não canalize a agressividade. Uma batalha deve terminar rapidamente. A todo momento, devem-se analisar maneiras de despachar o oponente — selecionem o método mais direto.

Existem duas formas-chave de combate de sabre de luz que um Sith precisa dominar: estilo Forte e estilo Rápido. O segundo enfatiza o jogo de pernas, velocidade, precisão e acrobacias. Com algumas exceções — como as táticas da minha própria aprendiz —, o estilo Rápido costuma ser pouco adequado a um Sith. O lado negro nos abastece com força, e essa força deve ser usada. O ódio nos torna poderosos.

O estilo Forte é chamado de *djem so* — uma filosofia antiga que requer que vocês combinem o peso de seu corpo e sua força

O ESTILO FORTE É ADEQUADO APENAS AOS PODEROSOS.

Meu estilo é híbrido, mas construído a partir do que agora entendo ser considerada a Forma Jedi V. Mesmo os estilos Jedi mais agressivos enfatizam a defesa, enquanto os Sith se importam apenas com o ataque.

—Luke

muscular com a droga energética da raiva, para que a execução de seus ataques seja forte o bastante e rache uma armadura.

Quando usado para defesa, *djem so* se torna um contra-ataque. Se vocês desviarem uma lâmina para um ângulo vulnerável, isso aproximará seu oponente o suficiente para uma evisceração ou uma cotovelada no rosto. Desviar um ataque também pode fazer com que vocês travem a lâmina com a do inimigo, mas, com a força dos seus braços e o poder do seu ódio, leva-se vantagem com facilidade.

Com os Sith, tudo é matança. Não há necessidade para as mortes. Quando eu derrubo um inimigo, ele fica no chão.

Qvos

Outra faceta da defesa do estilo Forte é *shien*, ou o bloqueio de tiro de blaster. Ao gerar essa defesa, alguns escolhem usar uma empunhadura invertida no cabo do sabre de luz. O *shien* Sith deve ser uma medida temporária — usada apenas durante o tempo necessário para encurtar a distância entre a lâmina e seu oponente ou para se recuperar após matar alguém e, depois, achar seu próximo alvo. Desviar rajadas contra seus atacantes pode ser útil, mas saibam que essa tática é um desperdício de sua proeza física.

Qualquer situação ou estilo de combate pode ser aprimorado pelo uso do *dun möch*. Essa tática utiliza provocações e ataques verbais para enfraquecer a determinação de seu inimigo. Bastam apenas algumas palavras para manipular e expor a falta de confiança de seu oponente.

No dun möch, o tiro pode sair pela culatra se provocar no inimigo uma raiva insana. Mas a fúria abre seu inimigo para o lado negro, que pode ser explorado à sua maneira.

Mestre Drallig ensina essa forma, e acho que mestre Windu inventou uma variação dela. Ele a chama de Vaapad, da mesma forma que o instrutor Sith de Bane fazia. Será que o Mestre Windu é um...? Não... Ainda assim, investigarei isso.

Existe um terceiro estilo, ainda que seja bastante difícil. Ele se chama *Juyo* — ou, como meu mestre da lâmina se referia a ele de modo obscuro, Vaapad — e é um estilo que os Jedi proíbem. Sua essência é a mesma da nossa crença principal: Emoção, não paz, levará à vitória. Com *Juyo*, vocês devem se entregar às sensações que têm no calor da batalha: ódio por seus inimigos; fúria direcionada às suas ações; e medo de que elas prevaleçam. Sim, medo. É tolice esconder essa emoção atrás do orgulho. Medo da morte, medo da perda e medo do caos são os motivadores primários. O medo pode ser seu combustível.

Qvos

A MENOS QUE ELES ESMAGUEM UM INIMIGO SEM PARAR, A MAIORIA DOS LORDES SITH PERDERIA NO DUELO DE SABRE DE LUZ EM ALGUM MOMENTO. SEM PAZ, VOCÊS NÃO PODEM MANTER SUA MENTE LIMPA. SEM PAZ, VOCÊS ESQUECEM A TÉCNICA. —LUKE

O *Juyo* é baseado em ataques rápidos e imprevisíveis, mas vocês não estarão adotando o estilo por completo, a menos que suas emoções acendam seus sentidos e elevem suas habilidades. Mas não sucumbam totalmente às suas emoções. Vocês são Lordes Sith, não animais. À medida que definem um alvo e lutam através do túnel da fúria, vocês vivenciarão a transcendência. Nesse momento, vocês são seres perfeitos e não podem ser derrotados — estão, enfim, envolvidos pelo *Juyo*.

Juyo é o domínio do controle, não a perda dele.

Usando o Sabre-Bastão

O sabre de luz de duas lâminas, ou sabre-bastão, é conhecido como uma arma Sith desde os tempos de Exar Kun. Estudei com o mestre da lâmina Kas'im e aprendi seus segredos. É uma arma difícil.

O sabre-bastão pode ser construído como uma peça única ou a simples interligação de dois cabos de sabre que podem ser separados para o combate de duas mãos. Ele é mais bem-usado com movimentos amplos e extensos enquanto o sabre permanece próximo ao corpo. Ele requer postura firme e empunhadura de duas mãos. Novatos tendem a se machucar enquanto treinam, e isso exporá as falhas em sua técnica. A punição pode ser um grande professor.

Uma arma Sith? Os Jedi usam isso o tempo todo, como o Mestre Gelleric e... Eu acho que só. Talvez seja uma arma Sith. Qvos

O SABRE-BASTÃO EM SUAS CONFIGURAÇÕES SOLTA E TRAVADA.

Ele É uma arma Sith, mas só adequada aos bárbaros entre nós.

Não se confundam pensando que são duas lâminas. Elas estão conectadas; se vocês sabem a posição de uma, sabem a da outra. Mas, enquanto ambas estão em movimento, vocês podem optar por desligar uma delas e surpreender seu inimigo com uma investida ou um contra-ataque de luta de espada.

O sabre-bastão é ideal para derrotar múltiplos oponentes, bem como para se defender de tiros de blaster. A ampla barreira de energia criada por um sabre-bastão giratório é impenetrável quando feito por um Lorde Sith habilidoso — aquele que possuir a habilidade precognitiva para sentir o momento e o vetor de uma ameaça. Mas esse tipo de barreira defensiva deve ser usado somente de maneira temporária, enquanto vocês encurtam a distância que os separam de seu atacante para desferir um golpe fatal.

Nas mãos certas, um sabre-bastão duplica a ameaça oferecida por um sabre de luz.

Não sintam que devem aprender tudo de seus Mestres ou que devem arcar com o fardo de toda instrução aos seus aprendizes. A Guarda de Ailon Nova, a Nikto Morgukai e os Dervixes Seyugi elevaram o combate a uma forma de arte. Contratem aqueles que se provarem úteis para sua instrução de combate ou empregue-os como assassinos ou guardas. Entre seus membros, procurem por aqueles que talvez tenham sido tocados pela Força — eles podem se tornar seus acólitos ou um reservatório onde encontrar futuros aprendizes. No entanto, se eles aprenderem mais sobre nossos caminhos do que vocês se sintam confortáveis em compartilhar, matem-nos.

Armadura Sith

A guerra contra os Jedi deu origem a grandes avanços no combate pessoal em ambos os lados. Armeiros melhoraram seus artigos de forma constante, mas a tecnologia do sabre de luz não evoluiu. No fim da guerra, um Padawan Jedi com armadura completa era capaz de encarar um Saqueador Sith e sobreviver à primeira troca. Vestir uma armadura requer o entendimento de duas coisas: como matar um oponente de armadura e como usar a armadura para se proteger de um contra-ataque. A primeira vem do treinamento de combate. A segunda requer o entendimento dos materiais que podem resistir a um ataque de sabre de luz ao mesmo tempo que permitem alguma mobilidade para quem a usa.

Se vocês estão acostumados ao treinamento sem armadura, é melhor começar com **cota de malha**. Esse material incorpora uma malha de metal leve enquanto mantém a flexibilidade de um tecido. Cotas de malha podem ser arrumadas para formar uma única peça de tecido blindado ou usadas como uma capa. Ela protegerá contra ácidos e chamas. Ela pode dissipar a energia de tiros de blaster, ainda que não possa conter impactos cinéticos. A ponta de um sabre de luz pode queimar através da cota de malha, mas ela permitirá que vocês se livrem de ataques enviesados com a borda da lâmina.

Beskar'kandar é uma armadura fundida de aço mandaloriano. Ainda que seja quase impenetrável pela lâmina de um sabre de luz, ela é extremamente pesada e requer que quem a usa apoie-se na postura de combate estilo Forte, ou *djem so*.

CORTOSIS É OUTRA MEDIDA DEFENSIVA CONTRA O SABRE DE LUZ, MAS PELA MINHA EXPERIÊNCIA A ARMADURA O AFASTA DAS SENSAÇÕES E DA CONSCIÊNCIA DA BATALHA. EU PREFIRO MUITO MAIS LUTAR DESCOBERTO.
—LUKE

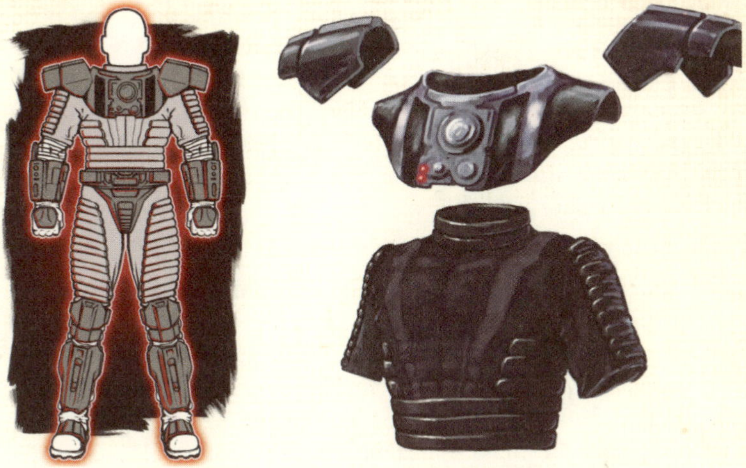

A ARMADURA NEGRA DE LORDE ERADICUS, ESCUDEIRO DE DARTH RUIN

Orbalisks atormentam seus hospedeiros com constante agonia. Um Nikto que eu treinei como adepto do lado negro não conseguia suportar a dor. Inútil.

Uma exclusividade dos Sith é a **armadura negra** — armadura de placas infundida com uma essência do lado negro através da alquimia Sith. Esses trajes, raros no passado, saíam das oficinas dos armeiros Sith durante a última guerra. Muitas se tornaram prêmios para catadores de campos de batalha. A armadura negra pode, quase com certeza, ser encontrada entre os mercadores negros do submundo. Se uma é encontrada, deve ser recuperada — e aqueles que buscam lucro a partir do nosso legado devem ser eliminados.

As carapaças de **orbalisks** são impenetráveis por sabres de luz e podem fazer uma bela camada de proteção. Eu mesmo testei essa bizarra panóplia. Esses parasitas nascem nas tumbas de Dxun. Se colocados sobre a pele, eles se agarram, alimentando-se de energia da Força e liberando adrenalina. Uma vez fixados, seus corpos quase nunca podem ser removidos.

A proteção oferecida por uma armadura pode ser aumentada com um escudo segurado em sua mão secundária. Um escudo de beskar polido pode também ser usado como arma para bater. Suas bordas podem ser afiadas com a agudeza de uma lâmina e usadas para cortar ou matar.

Combate do Lado Negro

Vocês são Lordes Sith, não meros lutadores que sabem segurar uma lâmina. A Força lhes deu as ferramentas para derrotar seus inimigos. Durante o combate, o lado negro rasteja sob a sua pele e eletrifica o ar que os rodeia. Se fracassarem ao canalizá-la durante esses momentos, vocês não serão dignos do título Sith.

Existem três escolas, ou focos, do combate da Força que canalizam o lado negro: Ofensiva, Corpo e Mente. Estude todas as três, aprenda qual se aplica durante a fúria da luta e passe o que você aprendeu para seu aprendiz. Nada disso deve ser mantido para seu próprio benefício. Lembre-se, a Ordem Sith é mais importante que um Lorde Sith.

A **Ofensiva** envolve as habilidades da Força com aplicação imediata e dinâmica para o combate com sabre de luz. Todas requerem esforço relativamente pequeno; portanto, podem ser aplicadas com facilidade a qualquer momento. Pense na Ofensiva como um punhal guardado na reserva para um golpe fatal. As habilidades da Ofensiva incluem:

> **Empurrão:** Uma onda cinética que emerge de suas mãos ou cabeça e pode tirar o equilíbrio de um único inimigo ou dispersar um grupo em várias direções.
>
> **Estrangulamento:** Uma pegada telecinética que, quando centrada no pescoço de um inimigo, pode interromper o fluxo de ar e quebrar vértebras. Essa habilidade requer mais concentração que o Empurrão, bem como uma das mãos livre para fazer o pulso de controle. O pescoço é um alvo fácil por causa de sua vulnerabilidade suave, mas usuários fortes do Estrangulamento podem quebrar um corpo inteiro, inclusive armaduras.

Uma forte técnica defensiva, e não necessariamente do lado negro. Derrubar oponentes é sempre melhor que machucá-los. –Luke

Um verdadeiro mestre dessa arte pode explodir o tanque de combustível de um walker ou deformar o casco de um cruzador estelar.

O Estrangulamento pode levantar inimigos e tirar seus pés do chão com facilidade.

Nunca que eu vou tentar isso. OK, tentei. Desloquei o ombro. Q Vos

Inércia: Uma amplificação da cinética do corpo que usa a Força para redirecionar o que parece ser uma carga pesada em uma investida em gancho. Pode surpreender um inimigo ao tornar seus movimentos imprevisíveis.

Cegueira: Uma explosão de energia da Força que pode sobrecarregar os nervos óticos do inimigo e cegá-los momentaneamente.

Arremesso: Uma tática da Força na qual vocês podem controlar o caminho do seu sabre de luz quando arremessado. Vocês podem atirá-lo como se fosse um catavento através de grupos em emboscada antes de ele retornar à sua própria mão. Com refinamento, essa tática pode ser usada para mirar e acelerar qualquer objeto arremessado, como uma pedra ou um detonador térmico.

A segunda escola, ou foco, Corpo, envolve as habilidades extraídas da Força viva. Elas emanam das suas próprias células e afetam a estrutura física dos outros. Por essa razão, qualquer aprimoramento ou membro cibernético impedirá sua habilidade de conjurar os efeitos do Corpo. As demandas do lado negro podem devastar a carne, mas, por sorte, é possível equilibrar a balança drenando a vida de outros para reforçar a sua.

Relâmpago: Uma arma que invoca terminações elétricas das pontas de seus dedos. É uma incorporação da sua ira que pode atacar o coração do inimigo. O relâmpago penetra a pele e envia ondas de dor através dos órgãos internos. A exposição prolongada queimará a carne, calcificará o esqueleto e fará o coração parar.

Convecção: Uma concentração da energia da Força que pode fazer seus pulsos esquentarem ao toque, até elevar sua temperatura a uma intensidade capaz de queimar, mas sem lhes causar qualquer lesão permanente. Atacar o inimigo com esses punhos pode criar bolhas e incendiar roupas.

Criocinese: Uma drenagem de essência que suga a intensidade da vida do outro, deixando para trás um cadáver coberto de gelo. Ainda que essa tática cause no outro uma hemorragia de seu calor vital, vocês não serão capazes de canalizar essa vitalidade para seu próprio uso.

AS TÁTICAS SITH CAUSAM TANTO DANO AO SEU PRATICANTE QUANTO À VÍTIMA. O LADO NEGRO CORROMPE TUDO O QUE TOCA. É DIFÍCIL COMPREENDER POR QUE PESSOAS QUE SABEM DISSO ESCOLHEM ESSE CAMINHO MESMO ASSIM. —LUKE

Alvos neutralizados através da Convecção, do Relâmpago e da Criocinese.

A galáxia está superlotada de seres. Bilhões morrem a cada instante. É melhor fazer uso desses recursos. Em meu retiro em Byss, a força vital de seus colonos abasteceu um reservatório de energia para manter os meus experimentos do lado negro.

Drenagem de vida: Um procedimento delicado que mina a energia de vida do inimigo e a canaliza direto para sua própria essência. É muito difícil de usar em combate e deriva dos ensinamentos de Zelashiel, o Blasfemador, no Holocron de Darth Revan.

Campo da morte: Uma concentração incessante de energia do lado negro projetada de sua animosidade física na forma de uma esfera. Qualquer ser vivo que entre no campo murchará e se transformará em uma casca seca. É mantida pela sua determinação, mas também tentará consumi-los.

A terceira escola, ou foco, Mente, envolve as habilidades extraídas da Força unificadora. Elas operam em um plano diferente do físico — existem nos âmbitos do pensamento e da memória.

As disciplinas da Mente requerem concentração intensa e são onerosas no aspecto mental. A força física não irá ajudá-los aqui, apenas a clareza física.

Fragmento mental: Uma lasca de dor psíquica que é arremessada da sua própria consciência até o cérebro do inimigo. Se seu ataque for bem-sucedido, a agonia intensa deixará seu oponente vulnerável às investidas do sabre de luz. Pode ser difícil estabelecer uma trava mental, mas sua chance de sucesso aumentará se essa habilidade for usada em conjunto com os insultos verbais do *dun möch*.

VOCÊ TAMBÉM PODE USAR UMA LIGAÇÃO TELEPÁTICA PARA ACALMAR E TRANQUILIZAR ALGUÉM. É DA NATUREZA DOS SITH VER APENAS O LADO NEGATIVO.
-LUKE

Passeio pela memória: Uma ligação que pode abrir a mente de seu inimigo e tornar possível compeli-lo a ter lembranças trágicas ou humilhantes e criar outras vergonhosas. Usado por tempo prolongado, o passeio pela memória pode ser um método sofisticado de interrogatório. A técnica foi roubada da Guilda de Vindicadores, cujos membros são zelosos sobre descobrir os pecados alheios.

Um fragmento mental mira as inseguranças e dúvidas do inimigo,
então destrói a sua determinação.

Como a maioria das táticas de combate mental, essa funciona melhor contra os de mente fraca.

Para induzir ao Horror, você deve confrontar sua vítima com uma visão do infinito.

Ódio: Um método de focar seu fogo interior para que possa ser alimentado pela indignação, pelo desgosto e pelo medo até que queime com a intensidade de fogo branco. Quando atacada, essa fornalha irradiará seu ódio em ondas palpáveis que podem deixar catatônica a mente do outro.

Horror: Uma simples manipulação mental capaz de despertar o medo na mente do outro. Ao amplificar essa emoção primária, vocês podem desencadear o horror e, de vez em quando, a insanidade. Um alvo aflito estará muito assombrado para tentar qualquer defesa.

Pensava que essa fosse uma técnica Jedi! Pelo menos foi isso que Mestre Koth me disse. Qvos

Crucitorn: Uma técnica que torna possível desligar a sensação de dor da mente de uma pessoa. O segredo para superar a dor física está no não físico. Um mestre dessa técnica pode sofrer qualquer tortura e resistir a qualquer ferimento.

Poder Selvagem

Por Mãe Talzin

As escrituras das Irmãs da Noite

Minhas irmãs, a galáxia tomou conhecimento de nós, e os poderosos pagarão por nossos serviços. Nossas habilidades são superiores, aperfeiçoadas pelas bestas selvagens de Dathomir.

As mais habilidosas entre nossas integrantes deixarão este mundo para servir como guarda-costas e caçadoras para aqueles que requisitarem os nossos serviços. Isso trará prosperidade para suas estimadas irmãs e honrará vocês.

Mas, durante seu tempo fora, não se esqueçam do que Dathomir lhes deu. Ainda que o espaço seja frio e vazio, a natureza selvagem de Dathomir é viçosa e rica. Pode levar anos até que vocês retornem; então, lembrem-se do lugar que lhes deu vida e as nutriu — vocês sempre serão Irmãs da Noite.

Entre as muitas espécies da galáxia vocês encontrarão diversas crenças, quase todas alegando ser a verdadeira. Nem todos esses caminhos contraditórios podem ser verdade; o que acontece, na verdade, é que NENHUM deles é verdade. Essa percepção reafirma a magia selvagem das Filhas de Allya. Nosso xamanismo satura a galáxia, influenciando outras tradições, mesmo que seus praticantes não saibam disso. Ele flui de um único manancial — a teia de vida de Dathomir.

Servi tanto ao xamã quanto ao clã matriz da nossa tribo Irmãs da Noite por muitos anos. A maioria de vocês nunca conheceu outro membro nessa função. Através de minhas mãos e olhos, os espíritos mantiveram o controle sobre o nosso reino. É uma verdade essencial das Irmãs da Noite que o plano espiritual existe em paralelo ao nosso. Ele é habitado por essências dos animais, forças da natureza e nossas próprias ancestrais. Ainda assim, é governado pelas manifestações de energia feminina e masculina.

Os espíritos concedem fertilidade à nossa tribo e nos visitam quando doença e morte se abatem sobre uma de nossas irmãs, bem como para reivindicar o espírito daquelas que sucumbiram. Apenas aqui em Dathomir, no entanto, os dois reinos estão próximos o bastante para que possamos ver suas formas, e apenas aqui há um intermediário para agir em nome da tribo. Uma xamã das Irmãs da Noite pode atravessar os vales da morte e do sonho para transmitir mensagens entre os mundos espiritual e físico.

UMA XAMÃ POSSUI VISÃO PARA OBSERVAR OS DOIS MUNDOS DE UMA VEZ.

Meu Mestre, Ky Narec, não acreditava em espíritos, tampouco Conde Dookan ou as pessoas de Rattatak. Na minha ânsia de me tornar algo diferente do que sou, infelizmente deixei de lado a verdade da minha infância.

Ventress

Os espíritos me convocaram pela primeira vez enquanto estava caída, fria e trêmula, lutando contra um sofrimento fatal durante o parto da minha primeira filha. Foi naquele momento, suspensa entre a vida e a morte, sob o luar das quatro luas de Dathomir, que vi com clareza as paisagens de ambos os reinos se completando. Foi ali que percebi como seres vivos não são nada além de sombras físicas de carne de seus espíritos e como os espíritos vivem após sua carne ter sido deixada de lado.

OS ESPÍRITOS CONCEDEM SUAS BÊNÇÃOS.

Passei pelo desafio. Os espíritos restauraram minha saúde e, por vontade própria, me tornei a ligação deles. Os espíritos puxam as dobras de meu robe enquanto ando e ecoam em minha voz quando falo. Estas escrituras não são apenas as minhas palavras, mas os comandos dos espíritos. Desafiem minha autoridade, e vocês estarão desafiando a vida!

PASSEI MUITO TEMPO ENTRE AS BRUXAS DE DATHOMIR, MAS NUNCA ACUMULEI MUITO CONHECIMENTO SOBRE A RELIGIÃO DAS IRMÃS DA NOITE. ELAS PODEM VENDER SEUS TALENTOS PARA QUEM DER O LANCE MAIS ALTO, MAS ISSO NÃO AS FAZ MENOS DEVOTADAS À SUA DOUTRINA ESPIRITUAL. —LUKE

A Força Viva e o Lado Negro

Outros grupos, como aqueles dos Jedi e dos Sith, usam termos estranhos e frios para descrever o trabalho dos espíritos. Eles falam da Força unificadora e da Força viva — do lado luminoso e do lado negro. Devemos perdoar a sua ignorância, pois eles não são Xamãs de Dathomir. Seus líderes não são capazes de compreender tais conceitos sem suportar um teste como o meu.

Não existe necessidade de separar o que eles chamam de Força viva da Força unificadora. Ambas são manifestações das Divindades Gêmeas e ambas estão vivas de maneira vibrante e opressiva. Essa classificação em lado luminoso e lado negro também é um equívoco. É um mal matar? Aqueles que responderam sim se sentiriam satisfeitos caso predadores passassem fome para que grazers cavassem a terra sem oposição apenas para morrer entre os famintos? Essa utopia sem sangue é vislumbrada pelos Jedi moralistas?

O que os Jedi chamam de lado negro as Irmãs da Noite conhecem como a essência da vida. Até alguns de nossos clãs de bruxas cometeram o mesmo erro que os Jedi, ignorando a voz desses espíritos que clamam por sangue e rotulando-os como maus. Minhas irmãs, não se preocupem com lado negro ou lado luminoso. Essa é a língua dos forasteiros.

Nossas habilidades foram concedidas pelos espíritos. A Deusa Alada e o Deus com Garras concedem as energias passiva e agressiva que animam todas as criaturas e permitem a respiração. Vocês escolheriam negar a si mesmas? Não limitem seu escopo obedecendo a regras artificiais.

ESSA COMPARAÇÃO É FALSA. EXISTE, SIM, MORTE NA NATUREZA, MAS TAMBÉM EXISTE EQUILÍBRIO. O ERRO DO LADO NEGRO É QUE ELE CONDUZ A UMA ACUMULAÇÃO EGOÍSTA DE PODER. ESSE DESEQUILÍBRIO CAUSA DANOS A MILHÕES. —LUKE

As Irmãs da Noite nunca conquistaram poder galáctico porque elas não se comprometem com um único caminho. Ao renegar o nome do lado negro, elas não se entregaram a ele por completo e nunca obtiveram o verdadeiro poder.

A História de Dathomir

Como sabemos que o nosso mundo natal é único entre todos os planetas do cosmos? Eu tenho olhos de xamã e vi a prova. Assisti aos espíritos viajarem de um reino para o outro por meio de uma corrente esfumaçada que está ancorada em nossas florestas. Se vocês estudarem as histórias dos forasteiros, encontrarão apenas a validação das minhas palavras. Desde que se tem notícia, grandes civilizações sempre foram atraídas para Dathomir.

Os bandos de rhoa kwi, que caçam no entorno dos poços de piche, são os descendentes primitivos dos seres inteligentes chamados de os Kwa. Uma vez, eles se mantiveram a favor dos espíritos. Os Kwa construíram Portões do Infinito para viajar para outras estrelas, mas suas máquinas criaram vácuos não naturais que feriram Dathomir. Com raiva, os espíritos conjuraram o Império Rakata para destruir os Kwa. Os espíritos forçaram os Kwa a voltar a seu estado animal para que eles nunca mais desenvolvessem tecnologia.

Ruínas do Portão do Infinito no Ninho de Korotas

Os Portões do Infinito estão adormecidos, mas ainda operantes. Um grupo das Irmãs da Noite tentou ativá-los antes das Guerras Clônicas. Meu Império deve apoderar-se dessa tecnologia e mapear a extensão da rede de teletransporte Kwa.

Ao longo dos milênios, os espíritos chamaram outros grupos a Dathomir para seus próprios fins. Os Paecianos vieram, construíram suas casas aqui e tiveram muitos filhos. O mesmo, também, fizeram os Sith. Eles reconheceram o poder bruto de Dathomir, mas não foram capazes de perceber sua verdadeira forma.

Muitos anos após os Sith terem abandonado suas academias em Dathomir, os Jedi exilaram um dos seus nesse mundo. Vocês a conhecem como Allya, mãe de todas as bruxas. Allya foi beneficiada pelos espíritos, e suas filhas se tornaram as primeiras executoras da magia dos espíritos.

A CHEGADA DE MÃE ALLYA EM DATHOMIR

Séculos mais tarde, os Jedi retornaram. Sua grande nave de treinamento, o Chu'unthor, foi atraída para nossas fronteiras, e os Jedi que vieram recuperá-los não conseguiram igualar a nossa força. Mesmo o Mestre Yoda, o mais forte de todos os Jedi, deixou o orgulho de lado e fugiu.

Poucos visitantes vieram a Dathomir desde então. Mas as Irmãs da Noite se espalharam por toda a galáxia depois da derrota de Mãe Zalem e da unificação dos clãs. Ao realizar missões e serviços para terceiros, estamos conscientizando a galáxia dos nossos caminhos e realizando o desejo dos espíritos.

OUVI UMA VERSÃO UM POUCO DIFERENTE DESSA HISTÓRIA. YODA NEGOCIOU UMA TRÉGUA COM MÃE RELL E DEIXOU A NAVE DESTRUÍDA EM PAZ. E MÃE RELL, COM TODA A CERTEZA, NÃO ERA UMA IRMÃ DA NOITE.
—LUKE

Quando criança, fui dada ao criminoso Hal'sted. Foi esse o desejo dos espíritos, Mãe? Eu tenho minhas dúvidas de vez em quando.

Ventress

A História das Irmãs da Noite

É uma bênção ter nascido em Dathomir... e um fardo. Somos todas privilegiadas pelos espíritos e espera-se muito de nós. Temos que evitar estragar nossa casa com a poluição da tecnologia. Temos que obedecer às mães e xamãs do nosso clã. Temos que reverenciar os rituais que unem os reinos físico e espiritual. Com éditos tão simples, é decepcionante que tantas bruxas tenham falhado em obedecer-lhes.

Os escritos de Allya ensinam que aqueles que escolhem a ignorância nunca conhecerão a grandeza, e aqueles que temem a morte nunca conquistarão o poder. Mas, após a morte de Allya, algumas das filhas — talvez enfraquecidas pelo sangue Jedi em suas veias — fizeram adições às palavras de Allya, introduzindo "bem" e "mal". Elas alegam que Allya expôs essa blasfêmia durante seus últimos momentos de vida. Essas bruxas chamam esse texto alterado de Livro da Lei.

Aquelas que rejeitaram esse texto alterado e conservaram as puras palavras verdadeiras de Allya se tornaram as primeiras Irmãs da Noite. As ancestrais das nossas Irmãs da Noite foram banidas das casas de seus clãs devido às suas crenças. Mas, entre as companheiras que acreditavam, elas restauraram o texto para os ensinamentos originais de Allya — para o equilíbrio entre o reino físico e o reino espiritual. Elas chamaram o volume de Livro das Sombras. No passado, coexistiram clãs rivais de Irmãs da Noite, cada um liderado por uma mãe do clã e uma xamã — exceto nos casos em que as duas figuras são uma só. Mas eu uni minhas irmãs guerreiras em um único coven.

Planejo construir uma base orbital Imperial acima de Dathomir e uma prisão em sua superfície. Será curioso ver o que as Irmãs da Noite fazem. Irei contê-las caso tentem escapar da jaula.

Os espíritos falam através da mãe do clã, revelando a sabedoria do Livro das Sombras.

Toda bruxa de Dathomir sabe que falta aos homens a habilidade que as mulheres possuem de equilibrar os chamados da Deusa Alada e do Deus com Garras. Homens são mais simples e mais semelhantes às bestas. Honramos nossos Irmãos da Noite, mas, em meio ao nosso clã, reconhecemos que eles servem melhor aos espíritos quando mantidos em isolamento. No passado, outros clãs destinaram seus homens a se tornarem servos ou escravos, mas nossos Irmãos da Noite são mantidos separados até serem convocados. Em seu complexo, eles naturalmente formam uma estrutura similar à de uma matilha e canalizam sua energia viril para o treinamento de combate.

Os Irmãos da Noite são combatentes adequados, mas malservidos no isolamento. Eles poderiam aprender muito mais sob a tutela direta de uma Irmã da Noite.

Ventress

A Deusa Alada

No reino espiritual, a Deusa Alada aparece como um grifo branco ofuscante. É ela quem governa a fertilidade e o crescimento, e quem atua como mediadora para conciliar partes ofendidas. Ela sabe tudo o que aconteceu e tudo o que está por vir.

Apenas uma xamã como Mãe Talzin pode criar objetos a partir de espírito. Tentei e fracassei. Aqueles que podem usar essa arte nunca são desarmados. Ventress

Canalizar a Deusa Alada traz enormes quantidades de icor espiritual à superfície do reino físico. Esse icor aparece como fumaça verde, mas pode ganhar forma física e massa, bem como ser manipulado para lançar feitiços por uma xamã talentosa como eu.

Uma xamã qualificada pode conjurar objetos a partir do icor espiritual bruto. O objeto conjurado é eterno e pode tomar várias formas, como uma lança de caça ou uma taça de raiz negra fervida. Atingem-se a divinação e a vidência ao se moldar o icor espiritual e se perscrutar seu interior. Por intermédio da vidência, uma xamã pode ver eventos ocorrendo em qualquer lugar da galáxia. Divinação, ou sombra do coração, revela visões de futuros possíveis. Por meio dessa arte, eu soube da queda de impérios que ainda não existiam e como proteger as Irmãs da Noite daqueles que tentariam nos explorar.

Na conjuração, o icor espiritual pode se tornar a água da vida e ser usado para cicatrizar feridas ou recuperar memórias. Quando usado juntamente com magias entoando encantamentos, posso canalizar o icor para rejuvenescer um moribundo ao persuadir o espírito ferido a emergir da hibernação.

O mesmerismo é outro dom fornecido pelo icor espiritual. Esse poder permite que uma xamã controle os pensamentos dos que são mais fracos que ela

VER ATRAVÉS DO FUTURO É UM ASPECTO DA FORÇA UNIFICADORA, MAS YODA ME AVISOU QUE O FUTURO ESTÁ SEMPRE MUDANDO. TEMOS O PODER DE FAZER NOSSO PRÓPRIO DESTINO. —LUKE

UM CORDÃO PURO DE ICOR ESPIRITUAL, PUXADO DIRETO DO OUTRO REINO.

— em particular os homens e forasteiros. Uma leve batida com a ponta do dedo na testa da vítima a induzirá a um estado similar ao transe e deixará a vítima impotente para recusar seus comandos.

Há outra forma de controle que se dá ao se construir a estatueta de uma vítima, combinando uma mecha de cabelo e um caldeirão turvo com águas da vida até a borda. Essa imagem tosca pode, então, ser espetada com agulhas de madeira ou enfraquecida com um sopro de miasma. Qualquer mal feito ao totem será sentido pela vítima que ele representa. Mas nada vem de graça. O esforço da xamã para reunir tais quantidades de icor é tão grande que pode exauri-la.

Não desejo perturbar a Deusa Alada com súplicas sem fim, mas, em tempos de agonia severa, usei a conexão xamânica para invocar espíritos diretamente. Quando o chamado funciona, espectros de guerreiros de longa data brilham visíveis. Anunciados por uma rajada de vento, eles atacarão o alvo enquanto emitem um urro que emana de todas as direções de uma só vez.

O Deus com Garras

No reino espiritual, o Deus com Garras aparece como uma gárgula negra como a noite. Ele governa a virilidade e a caça. Ele também comunica odores, sons e sabores. Ele é a contrapartida da Deusa Alada e tem igual importância no governo do reino espiritual. Como Irmãs da Noite, vocês recorrem a ambas as partes e mantêm as energias universais em equilíbrio.

A magia do Deus com Garras é tão poderosa que canalizá-la pode explodir vasos sanguíneos menores em nossos corpos físicos, criando marcas indicadoras nas bochechas e em volta dos olhos. Essas marcas já foram consideradas cicatrizes de vergonha por bruxas passivas que veneravam o Livro da Lei. Na verdade, são marcas de honra. Nossa tradição de tatuagem facial resgata essa história para nós mesmas e anuncia para a galáxia que somos Irmãs da Noite. E, enquanto nossos Irmãos da Noite são mantidos separados, eles são marcados como nossos parentes e nossos guerreiros com tatuagens no peito e rosto.

Fidelidade ao clã e triunfos de guerreiro são escritos na pele.

É o Deus com Garras quem conjura anualmente a Caçada Selvagem, quando as luas brilham ao máximo e a neve desaparece das encostas do Cume Aniquilado. Já vi as figuras negras com brilhantes olhos esbranquiçados enquanto galopam através da floresta. Escutei seus chamados de caça enquanto levam aqueles que cruzam seu caminho de volta para a morada dos cavaleiros etéreos.

O Deus com Garras está sempre perto de vocês. Ele se infiltra pela fronteira que separa os dois reinos e não faz muito esforço para abrir caminho. Toda vez que lutam, se regozijam ou sangram, vocês estão comungando com o Deus com Garras.

Quando meninas, vocês aprenderam a falar com os rancores nativos do nosso planeta e a montá-los. O reino além das sombras contém um único espírito ur para cada uma das espécies animais da galáxia. E, assim como vocês fizeram com os rancores, podem fazer com os espíritos ur. Uma vez que aprendam a língua de um espírito ur em particular, vocês podem entender qualquer criatura do mesmo tipo. Uma vez que vocês possam se comunicar com a criatura, também podem acalmá-la. Uma vez que vocês possam acalmá-la, também podem controlá-la. A mais talentosa das Irmãs da Noite que estudam essa arte detém a classificação de guardadora de bestas.

TODAS ESSAS HABILIDADES VÊM DA FORÇA VIVA. É UMA FONTE DE ENERGIA POSITIVA, MAS, COMO QUALQUER COISA, PODE SER LEVADA A EXTREMOS. PERDER-SE PARA SUA NATUREZA ANIMAL O CONDUZ AO LADO NEGRO. SEM CONTROLE, É FÁCIL DEMAIS SE TORNAR UM SELVAGEM. —LUKE

UM RANCOR MONTADO E EQUIPADO PARA A TRAVESSIA DE UM RIO.

Como o Deus com Garras controla a caça, ele está presente durante a perseguição, o sacrifício e a ingestão de sangue. Ele pode aguçar suas percepções para colocá-las no rastro da presa mais esquiva mesmo quando estão longe de Dathomir.
É ele quem nos agracia com o rastro de sangue, uma técnica a qual vocês pingam uma gota do próprio sangue em seu alvo e usam essa ligação para localizar a vítima através das estrelas. É uma técnica conhecida apenas pelas Irmãs da Noite.

Foi com o rastro de sangue que cacei os Comandantes de Rattatak, mesmo após terem entregado seus tronos e se escondido de mim nas fortalezas do exílio.

Ventress

Eles não são diferentes dos amuletos Sith, apesar do que pregam os Dathomiri. Mesmo que nenhuma dessas habilidades ainda tenha sido duplicada por nenhum alquimista Sith, até onde sei. Curioso.

Talismãs e Totens

Como xamã de um clã, está ao alcance do meu poder rogar aos espíritos. Como as Irmãs da Noite são suas filhas preferidas, eles podem concordar em dar poder a um receptáculo no reino físico onde a essência deles estará adormecida até ser conjurada. Esses receptáculos, feitos pelas xamãs em forma de talismãs e totens, podem conservar o poder por gerações.

Talismãs costumam ser conjuntos de gemas em anéis ou pingentes. Totens são objetos esculpidos que representam um animal ou uma entidade espiritual. Quando mantidos dentro de uma habitação, esses objetos abençoam a todos os que passam pela porta. Aqueles que engolem um totem liberarão toda a energia dentro de si — no entanto, sua onipotência durará apenas alguns momentos. Isso porque, quando o espírito é liberado do objeto, ele retorna ao reino espiritual e reduz o corpo a cinzas.

Talismãs de Transformação permitem a quem os usa trocar de forma no reino físico, tornar-se um animal e tocar a essência do espírito do animal, por exemplo. As Irmãs da Noite possuem alguns Talismãs de Transformação — o bolma, o brackaset, o eollu e o do peixe burra. Uma de nossas irmãs ainda precisa devolver o Talismã do Corvo. O Talismã da Idade toca a natureza dos humanos e recupera, por um breve período, seu vigor da juventude.

Um Talismã de Transformação cumprindo seu papel.

Talismãs de Descoberta são feitos para se parecer com uma bússola e guiar seu usuário para o alvo que tenha sido impresso nele. Talismãs de Ressurreição podem trazer espíritos dos mortos de volta a seus corpos físicos. É vital lembrar, no entanto, que, se muito tempo se passou, suas formas podem ser pouco mais que esqueletos fétidos. Por fim, os Talismãs de Contrafeitiço oferecem proteção às magias de terceiros, rebatendo as maldições de volta em quem as lançou.

Totens dos Elementos podem conjurar Noite, Luz do Sol, Fumaça, Gelo, Chamas, Barro e Fungo. Essas são poderosas entidades primárias; então, pode ser que nem sempre obedeçam às suas ordens. Totens de Familiars são mais receptivos. Eles chamarão um animal para o seu lado e o manterão lá enquanto vocês possuírem o totem. A besta conjurada é abençoada com magia. As energias desses familiars ajudam as criadoras a realizar algumas das mais difíceis magias.

Se eu possuísse um desses quando era criança, poderia ter salvado a vida de meu Mestre. Vejo que Mãe Talzin guarda enciumada seus tesouros. Ventress

Bestas de Dathomir

As criaturas vivas de Dathomir são muito numerosas para serem nomeadas. Elas criam uma teia de vida mais forte que as encontradas em qualquer outro planeta da galáxia. Isso porque Dathomir é a ligação com o reino espiritual e a pedra angular sobre a qual a realidade está equilibrada.

Irmãs da Noite talentosas podem canalizar as habilidades das bestas de Dathomir as quais nunca encontraram antes apenas reconhecendo o aroma de seus espíritos. Enquanto estiverem em outras partes da galáxia, é essencial para seu sucesso que frequentemente restabeleçam a comunicação com nossos irmãos e irmãs animais. Quando conhecerem a natureza deles, vocês poderão canalizar melhor suas qualidades. A prática também restabelecerá sua conexão com a teia de vida se vocês tiverem passado muitos dias entre as máquinas dos forasteiros — em especial o maldito mausoléu de vidro e aço chamado Coruscant.

O grande rancor é o líder de todas as bestas em Dathomir. Produto da ferocidade do Deus com Garras e do conhecimento da Deusa Alada, ele é um lutador feroz que corta com suas garras e rasga com seus poderosos dentes. Ainda assim, rancores são sábios e carinhosos entre si. Seus braços os ajudam a balançar entre as copas para caçar purboles que guincham e suas pernas corpulentas propiciam corridas arrastadas quando perseguem bandos de bolmas fujões. As Irmãs da Noite se conectam com eles, falam com eles e os montam. Sejam como o rancor, e vocês manterão a autoridade em qualquer confronto contra os forasteiros.

Os capatazes prenderam o rancor de Jabba em um calabouço onde mal podia se mover. Ele estava quase morto de fome. Por mais que eu não tivesse escolha, ainda sinto muito ter tido que matá-lo.
—Luke

Um dos poderosos rancores do Rio dos Sonhos

Os drebbin e os ssurrianos também são grandes predadores em Dathomir. Suas couraças grossas lhes permitem ignorar a maioria das irritações, e outras criaturas aprenderam a se afastar quando veem uma delas por medo de desaparecer em um ranger de dentes. Como os drebbin e ssurrianos, não precisamos mudar ou acomodar aqueles menores ou mais fracos que nós.

Outras bestas selvagens que não possuem os maiores músculos ou as garras mais afiadas têm métodos mais escusos para atingir seus fins. O verme de artéria ataca de dentro, viajando pela corrente sanguínea e matando seu hospedeiro com requintada agonia quando chega ao coração. O lagarto Voritor e a víbora Kodashi trocam tamanho por peçonha e anunciam sua malevolência com cores brilhantes e padrões chamativos. Lembrem-se disso quando estiverem vestindo as roupas, marcas e armas de uma Irmã da Noite. Uma aparência intimidadora espantará os que não quiserem, de fato, uma briga.

Uma irmã do Voritor guarda as fronteiras das terras das Irmãs da Noite.

Toda vez que comemos carne de um verme whuffa ou usamos seu couro, somos lembradas de que a vida está conectada. Vejam o pássaro gibbit, que come os restos de alimentos presos nos dentes do rancor. O rancor fica limpo; o pássaro, alimentado; e ambas as partes se beneficiam.

Assim como os animais selvagens, não importa o tamanho, vocês nunca estão indefesas. Pequenas ameaças podem ser ameaças fatais. Pensem na mosca-de-luz, que tem um ferrão que contém toda a energia de um raio do céu. Ou no punho-de-tesoura, cujas garras, quando cravadas na pele do inimigo, nunca podem ser desmembradas. Mesmo o poderoso rancor pode ser derrubado por um ácaro tosador, que consegue mastigar através de seu couro com suas mandíbulas que cospem ácido. Não temam seus inimigos. A vida sempre persiste — mesmo uma morte brutal e sanguinolenta só retorna seu espírito para o reino pelas sombras.

Tem sido difícil comandar droides. Eles se movem como seres vivos ainda que não emitam nenhum sinal da Força e nem sentido espiritual.

Ventress

É precisamente por essa razão que seres artificiais são bem adequados ao combate contra os Jedi. Existe maneira melhor de garantir uma longa guerra?

ISSO NÃO É DESCULPA. MATAR OUTRO SER INTELIGENTE É PASSAR POR CIMA DE SUA VONTADE, E ISSO SÓ DEVE SER FEITO QUANDO NÃO HOUVER ESCOLHA.

O DESTINO DE UM ESPÍRITO NÃO DEVE TER INFLUÊNCIA NAS NOSSAS DECISÕES DE MOMENTO.

–LUKE

Vigor da Natureza

Os ecos do Deus com Garras podem ser ouvidos através do ar de Dathomir, do som dos moogs fuçando escondidos em suas tocas aos guinchos dos archixes rondando seus ninhos no alto da Montanha Cantante. Os espíritos ur dos animais são vermelhos e brutos, mas os espíritos gêmeos das plantas pulsam com um verde profundo.

Vocês mesmas são animais e parte da teia de vida de Dathomir, mesmo quando se encontram dentro de uma espaçonave metálica oca em torno de uma estrela fria. Vocês sempre podem tocar o poder dos espíritos. Abanem o fogo de suas naturezas bestiais, e compartilharão das habilidades das próprias bestas.

Predadores possuem um nível de alerta que não temos. Ao invocar a habilidade conhecida como o Sentido de Veshet, vocês serão capazes de distinguir os aromas carregados pelo vento a centenas de metros de distância, além de enxergar na escuridão mesmo quando as luas esconderem suas faces. Se invocarem os Ouvidos do Chiroptix, vocês escutarão sussurros e serão capazes de pintar imagens de lugares escondidos a partir de seus sons.

Algumas bestas precisam ser ágeis para evitar predadores, bem como para capturar suas presas. Ao invocar a Velocidade do Toocha, vocês serão capazes de correr distâncias curtas em uma velocidade tão grande que será impossível vê-las. Além disso, poderão dar saltos energizados para cobrir distâncias notáveis. Ambos podem ser úteis para escapar ou surpreender. Invocar o Toque de Kiin'Dray aplica uma força aderente às suas mãos e pés, permitindo-as escalar a face de um penhasco ou segurar uma arma com tanta força que ninguém poderá retirá-la de vocês.

O poder de regeneração do whuffa tem uma série de usos em combate. A Revitalização do Whuffa pode dar novo fôlego a um corpo ou, se a determinação for suficiente, permitir a regeneração de um membro. O Grito do Ssurriano é capaz de trazer à tona as vibrações profundas dos chamados das grandes caçadas de dragão, bem como o ganido ensurdecedor de seu aviso territorial. Quando direcionada a um inimigo, a onda sonora pode explodir tímpanos e rachar dentes.

O Toque de Kiin'Dray

Surto do Brier

Comparados com as essências animais, os espíritos verdes das plantas são mais calmos e mais presentes, mas não são inúteis. Invocá-los gerará a aura calma da meditação ou anulará um veneno que infectou a corrente sanguínea. Com o Surto do Brier, vocês podem alcançar o reino espiritual e agarrar a essência de uma planta imóvel. Puxem e retorçam a forma física da planta no formato que escolherem. Ao fazer isso, vocês poderão enroscar inimigos em videiras ou empalá-los com espinhos.

Mesmo o clima tem um espírito. Sua expansão amorfa brilha com as matizes preto-azuladas dos céus antes de as luas aparecerem. O Aspecto da Tempestade lhes permitirá moldar essa estrutura escura em cordões brancos e brilhantes dos raios.

Uma conjuração mais profunda produzirá ventos que podem carregá-las através do céu. O ar também pode carregá-las dentro de uma esfera verde de energia, do mesmo modo que a espuma emerge de uma cachoeira agitada. Dentro dessa bolha, vocês estão protegidas de inimigos enquanto podem lançar raios sobre as cabeças deles.

Treinando um Guerreiro

Os meios de produzir os melhores guerreiros e assassinos da galáxia estão nas pontas dos nossos dedos e têm os maiores preços do mercado galáctico. Nossas habilidades estão dando retorno. Se vocês deixaram nosso rebanho em uma missão, saibam que seus serviços nos sustentam e validam nossas tradições.

Vocês são agentes das Irmãs da Noite e mais guerreiras devem seguir esse caminho. Se atualmente estiverem sem missão, vocês devem treinar outras para chegar ao seu nível. Todas as Irmãs da Noite e Irmãos da Noite praticam desde jovens o manejo das nossas armas: o pique, a clava, a lança, o machado e a foice-corrente. Aqueles dignos de se tornarem guerreiros ou assassinos devem ser testados para provar suas habilidades. Na arena do Calvário, os candidatos encaram três testes — os testes de Fúria, Noite e Elevação. Quem falhar em um dos testes é eliminado.

Quando o prêmio é ser o servo de um Lorde Sith, eliminação é igual a morte.

Ventress

No Teste da Fúria, os candidatos competem entre si ou contra seus instrutores. Alguns podem formar alianças para obter vantagens, ao passo que outros podem ficar sozinhos contra todos os demais desafiantes. Qualquer reação é útil para determinar o temperamento de batalha de um candidato.

Nenhuma orientação é dada durante o Teste de Fúria.

Os lentos e os desastrados não passarão no Teste da Elevação.

Quando não há luar, o Teste da Noite pode ser conduzido. Os candidatos lutam de modo bem parecido com o do Teste da Fúria, mas sem visão. Alguns candidatos podem exibir sentidos extraordinários ou o dom de dissimular. Alguns podem até ter a presença de espírito de canalizar os Ouvidos do Chiroptix.

Durante o Teste da Elevação, os pilares móveis do Calvário são ativados. Os combatentes perdem a segurança de seus passos, como se lutassem em areia movediça. Os astutos usarão os blocos de pedra como cobertura para emboscadas. Os agressivos usarão os pilares altos para saltar sobre suas presas. Os candidatos mais habilidosos não apenas sobreviverão ao Calvário, mas dominarão as batalhas. Esses são os mais adequados a designações futuras em outros mundos.

As Irmãs da Noite são cruéis em seus treinamentos.
Recolhi os mais habilidosos Irmãos da Noite Zabrak
antes de bloquear Dathomir.

Instrução e Transformação

Aqueles que passam nos testes do Calvário podem estar aptos a treinamento posterior. Há três categorias de habilidades que oferecemos a nossos clientes de outros mundos: caçadora, guerreira e assassina das sombras. Mas não importa qual o papel, vocês sempre devem usar as roupas e os paramentos que as marcam como Dathomiri, pois é através de seu aspecto que nossa reputação se espalhará.

Caçadoras devem usar capuzes e robes vermelhos como o rastro de sangue que seguem, bem como faixas pretas em torno dos pulsos para protegê-las de sua própria arma. Uma caçadora empunha um arco de energia com corda de plasma e flechas do mesmo material. O arco de energia pode disparar flechas certeiras de plasma em qualquer alvo e sua corda pode cegar ou queimar, caso vocês precisem usá-la para bater. É uma arma especializada. Portanto, é vital que nosso clã seja abastecido com o valor padrão de nove créditos de cada dez que vocês ganhem, para que possamos continuar a equipá-las com o equipamento de que vocês necessitam.

PASSEI MUITO TEMPO EM DATHOMIRI, MAS ESSAS ARMAS SÃO EXÓTICAS E RARÍSSIMAS.
—LUKE

A habilidade de uma caçadora com o arco de energia influencia a reputação de todas as Irmãs da Noite para o bem ou para o mal.

A invisibilidade delas rivaliza com a dos assassinos de Defel. Foi ordenado ao Departamento de Segurança Imperial que recrute dos dois grupos.

Assassinas das sombras usam vestes negras como a noite e portam armas silenciosas, como a adaga e o dardo envenenado. Tornar-se parte da escuridão é uma arte. Elas também podem ser auxiliadas pelo icor espiritual. Xamãs, como eu, podem conjurar uma névoa que permite a nossas assassinas das sombras operar no meio do caminho entre o reino físico e o reino espiritual.

UMA MATADORA SOMBRA PODE DESAPARECER DE VISTA.

Nossas guerreiras usam as blindagens nos ombros e punhos daqueles que resistiram ao Calvário. Suas armas, como as lanças, são infundidas com poderosas magias e podem atravessar qualquer substância.

Também dei poderes do lado negro a asseclas menores.

Através das magias do Deus com Garras, um guerreiro pode se transformar em um avatar de raiva primitiva. Isso exige a habilidade de uma xamã especialista e um coven inteiro. Ao conjurar o icor espiritual verde e canalizar o ódio mais bruto, as energias podem ser transformadas em músculos e ossos mais sólidos. Um guerreiro transformado será maciço, mais alto, de peitoral mais amplo e com braços capazes de esmagar vértebras. Um Zabrak altivo dos Irmãos da Noite cultivará uma coroa de chifres para rivalizar com a dos vernes machos no outono.

A VERDADEIRA FORÇA DE UM GUERREIRO NÃO ESTÁ EM SEUS MÚSCULOS, MAS NA RAIVA.

Ainda que o Calvário teste as habilidades de um candidato, ele não marca o fim de seu treinamento. É um segundo começo. Candidatas que alcançam esse ponto são habilidosas para o combate, mas ainda lhes falta o toque sutil necessário para canalizar outras habilidades dos espíritos. A emoção é um poderoso catalisador que se conecta à sua essência bestial e, por extensão, aos espíritos ur que controlam nossos impulsos naturais. Para fortalecer essas habilidades, ordene que candidatos realizem uma tarefa que exija concentração total — então os distraia com insultos provocativos e a agonia de um chicote farpado. Não há outro caminho mais curto que revele que não é a paz, mas a paixão que leva à conquista.

Treine bem seus alunos. Foi Allya quem predisse que um ser perfeito surgirá um dia — trazido à existência pelos espíritos e que incorporará o equilíbrio entre a Deusa Alada e o Deus com Garras. Talvez seja você quem treinará esse vencedor. Talvez ele seja você.

Muitas culturas têm obsessão por profecias e a ascensão de um futuro salvador. Se você esperar pela liderança de outros, você nunca se tornará um líder.

AQUELES QUE SEGUEM O LADO NEGRO SEMPRE CONFUNDEM SEU PODER COM UMA PROVA DE QUE ENCONTRARAM O CAMINHO. SIM, O LADO NEGRO OFERECE PODER, MAS É PODER SEM CONTROLE OU DIREÇÃO. AQUELES QUE O DETÊM CARECEM DE HABILIDADE PARA FAZÊ-LO COM SABEDORIA.

-LUKE

Tradições Concorrentes do Lado Negro

Rejeitamos o termo "lado negro", mas ele é muito usado por causa da influência cultural dos Jedi e dos Sith. Aqueles que usam os poderes do sobrenatural — ou, como outros chamam, a Força — com a finalidade de matar sob o comando de seu empregador são considerados do lado negro. Fica claro que, se temos que receber uma classificação, devemos nos considerar como tais.

Vocês se verão entre muitos que não compreendem nossas tradições. Eles podem lhes chamar de Sith ou de uma série de outras tradições importantes. Aproveitem a chance para colocar as Irmãs da Noite em um local separado nas mentes daqueles que detêm o poder. Apenas promovendo nossas habilidades únicas seremos capazes de continuar exigindo um preço premium.

Os Profetas do Lado Negro são similares aos Sith de muitas maneiras. A religião separatista deles nasceu dos ensinamentos de um Lorde Sith, Darth Millenial, mas os Profetas não são guerreiros. Eles alegam ter habilidades sem igual em adivinhação, e alguns abordaram os nossos clientes prometendo revelar as consequências de eventos galácticos ainda por vir. Duvido que os espíritos sussurrem para eles com qualquer clareza, e somente uma bruxa tomada pela insanidade seria seduzida pela religião deles. Suspeito que seus pronunciamentos sejam declarações ocas sobre acontecimentos inevitáveis. Plantem essa semente da dúvida se tiverem oportunidade.

Conheci esses cretinos reclusos e escutei suas profecias monótonas. Eles, de fato, possuem o dom de antever o futuro, o que foi útil para as minhas tropas na Batalha de Dromund Kaas. Mas os Profetas admitem ter perseguido hereges e imitadores.

Profeta do Lado Negro

Obrigado, Mãe Talzin, pelo lembrete. Recrutá-los ou matá-los? Meu novo Mão Sombria precisa montar uma expedição para esse canto das Regiões Desconhecidas.

Novos reivindicantes da tradição do lado negro surgiram dos pontos mais distantes da galáxia. Os Exilados Kanzer são um grupo de reptilianos da Fenda de Valtaullu que alega fidelidade ao seu Lorde Ravager. E o Sentença de Muspilli é um culto à morte que se dá entre as árvores-lua da Falha de Gunninga. Não está claro se esses grupos são reais representantes da tradição do lado negro ou meros oportunistas. Todavia, suas alegações de poder são bem específicas. Os Exilados Kanzer garantem que têm o poder de escravizar várias mentes de uma só vez. Os do Sentença alegam ter as habilidades para invocar divindades apocalípticas do reino além das sombras. Se algum dos grupos fracassar ao cumprir essas declarações, teremos nossa evidência para expor seus membros como fraudes.

Os mais enigmáticos dos novos concorrentes são os Feiticeiros de Rhand. Eles alegam ter afinidade com a escuridão, a qual veem como a incorporação do apodrecimento e da morte. Diz-se que um verdadeiro Feiticeiro é capaz de usar uma explosão psíquica para erradicar um objeto ou ser vivo. Acredita-se que eles não operam fora do Recuo Nihil, mas, se possível, esforcem-se para aprender mais sobre seus caminhos.

UM DOS FEITICEIROS APODRECIDOS DE RHAND

LORDE SHADOWSPAWN ESTUDOU COM OS FEITICEIROS DE RHAND. ELE PODERIA TER LEVADO A FRÁGIL NOVA REPÚBLICA AO COLAPSO SE EU NÃO TIVESSE SIDO FORÇADO A CONFRONTÁ-LO EM MINDOR. -LUKE

Nem de longe isso é uma façanha tão impressionante como a bruxa acreditava. A Ordem Mecrosa sobreviveu à Limpeza das Nove Casas, mas todos os membros Sith e sensíveis à Força foram aniquilados.

Outros grupos estão nesse jogo de mercenários do lado negro por séculos, há muito mais tempo que as Irmãs da Noite. São esses os nossos principais concorrentes. Façam o que for preciso para desfazer seu controle entre os poderosos do Núcleo e da Orla.

A influência das casas reais do setor Tapani é forte. Entre os nobres da Casa Mecetti estão aqueles que alegam ter afinidade com os Sith e cujos ancestrais desencadearam a Limpeza das Nove Casas, que não só desestabilizou um quadrante inteiro da galáxia, mas também engoliu três outras casas nobres. Os agentes da Casa Mecetti pertencem à Ordem Mecrosa. Eles se especializam em assassinar. Sei que somos mais habilidosas, pois mandei três assassinas das sombras ao sistema Pella para testar suas habilidades. Duas das nossas retornaram, mas nenhum dos oponentes Mecrosa sobreviveu.

Conde Dookan tem laços fortes com a Casa Mecetti. Espero que ele tenha ouvido falar disso. Vevkress

Membro da Ordem Mecrosa

Tenho meu próprio agente entre os Blackguard. Qualquer segredo que eles desvendem se torna meu logo depois.

Os Blackguard operam a partir do mundo derretido de Mustafar. São muito reclusos e adquiriram sabedoria do lado negro desde que emergiram das ruínas da filosofia Sith depois da Batalha de Ruusan há quase mil anos. Os Blackguard são fiéis ao princípio de que adquirir conhecimento é mais importante que o estímulo ao poder físico. Isso os torna rivais cuidadosos e cautelosos. Por ora, eles estão isolados demais para interferir nos nossos planos.

Os Blackguard ainda não são uma ameaça para as Irmãs da Noite.

Os Escultores de Kro Var são poucos em número, mas professam ser xamãs de uma tradição similar à nossa. Não duvido que eles tenham vislumbrado um pouco do reino espiritual, mas eles não são nativos de Dathomir, não podem ter escutado o chamado dos espíritos com a mesma clareza que nós escutamos.

Os Escultores de Kro Var usam magia negra para manipular os elementos do ar, terra, água e fogo. Há pouco tempo, eles disponibilizaram seus serviços para compradores no setor Marzoon.

Os Escultores de Kro Var podem estar mal-orientados, mas recebem seus poderes dos espíritos.

Apenas mães de clãs podem negociar os serviços das Irmãs da Noite. Mas nem todas as Irmãs da Noite têm a mesma perícia. Não repetiremos os erros de Xamã Yansu Grjak, que vendeu os serviços de seu clã com muita avidez para compradores Separatistas e depois não conseguiu proteger suas irmãs do contra-ataque Jedi.

Ao oferecerem seus serviços, vocês concordam em desempenhar qualquer missão em nome de seu cliente, previstos nos termos negociados pela mãe do clã. As Irmãs da Noite não toleram desonra, não importa quem esteja pagando. Aqueles que nos tratam como primitivas a serem enganadas serão punidos — um aviso a terceiros e mais uma evidência da nossa aptidão letal.

Às vezes, Mãe Talzin demonstra mais preocupação com a reputação do que com a vontade dos espíritos.

Ventress

OS JEDI NÃO SÃO NEM NUNCA FORAM MERCENÁRIOS. A FORÇA É UM DOM A SER USADO PARA PROTEGER TODOS OS SERES, EM ESPECIAL OS QUE NÃO TÊM PODER. VENDER SERVIÇOS COM PODER DA FORÇA POR CRÉDITOS É EGOÍSTA E LESA AQUELES QUE MAIS PRECISAM DE AJUDA. —LUKE

A Ciência da Criação da Vida

O que é a Força? Os Jedi dizem que ela é criada pela vida. Mas eu digo que a Força cria a vida. É uma dedução simples – uma conclusão óbvia quando apoiada por experiência estruturada. Considerem ainda: as mentes científicas que lideram a galáxia são muito ignorantes sobre a Força, e os usuários da Força mais habilidosos da galáxia rejeitam a ciência. Os últimos são envolvidos em um misticismo romântico, convencidos do chamado de poder superior. Os primeiros não têm desculpas.

Desse modo, serei o primeiro a seguir essa linha de investigação. Um entendimento científico da Força não é o mesmo que memorizar encantamentos. A ciência procura entender o princípio por trás de uma reação, não apenas como replicá-la – em especial quando as fórmulas para as reações estão infladas com séculos de ornamentação vazia.

Para estudar alquimia, é necessário remover suas frases rimadas e sua perversa obsessão com sacrifícios de sangue. Para estudar um talismã xamânico, é necessário enxergar além das palavras de invocação. Quando um talismã libera seu poder, qual é o verdadeiro gatilho? As palavras? O tom de quem as profere? Seu estado mental? Se o poder de um talismã reside no interior da gema, o que acontecerá se um fragmento for removido, e depois outro? A energia é dissipada quando há perda suficiente de massa? A proporção para gemas similares e talismãs similares é consistente?

Os Sith do passado nunca fizeram essas perguntas, pois a tradição e a obediência acabavam com o lampejo de curiosidade deles. E essas questões são muito mais que especulação inútil. Minha ciência removerá tudo o que for supérfluo. Dessa maneira, a verdadeira natureza dos elementos fundamentais manejados pelos Jedi e pelos Sith com tanta casualidade será revelada.

O ELEMENTO QUE PLAGUEIS NÃO CONSEGUIU MEDIR FOI A DETERMINAÇÃO DA FORÇA.
OS JEDI ESCUTAM SEU CHAMADO E ACREDITO QUE OS SITH TAMBÉM.
ACHO QUE A FORÇA NÃO SE SENTIU COMPELIDA A FALAR COM PLAGUEIS.

–LUKE

Por isso é que devo ser o primeiro. Mudarei tudo. Os Sith afundaram-se em rituais até durante nossos séculos sob a Regra de Dois, brincando de se vestir em fantasias assustadoras e fazendo pose para nossos seguidores. Queimarei os trajes coloridos e estudarei a estrutura esquelética que revela a arquitetura da realidade.

Meu objetivo final é o segredo da vida – aquela vida que nos dá consciência, pois, sem consciência, cada um de nós é nada. Através da ciência, criarei nova vida e manterei a minha própria. Não existe razão pela qual Darth Plagueis não possa viver para sempre.

Não compartilho do entusiasmo do meu antigo Mestre por processos. Importo-me apenas com resultados.

Influenciando os Midi-Chlorians

A Força é encontrada em todo o universo, não apenas em coisas vivas. Tudo na existência que se baseia nos vários aspectos da energia que chamamos de Força pode ser classificado em três categorias:

O aperion inclui e reúne toda a matéria, dando-lhe forma e coesão. Entre os aspectos do aperion estão a gravidade e o eletromagnetismo – ainda que o termo englobe tudo tanto no espaço quanto no tempo. Muitas das habilidades entendidas como pertencentes à Força Unificadora estão atreladas ao aperion.

O anima dá vida – mas não pensamento – a animais, plantas e outros seres vivos. Os Midi-chlorians são responsáveis por induzir e manter o anima em quase todas as espécies. Muitas das habilidades da Força Viva estão atreladas ao anima.

O pneuma é a expressão do pensamento consciente. Mentes pensantes e autoconscientes contribuem para o pneuma coletivo, que é acessado por muitas espécies telepáticas por natureza, bem como pelos vários truques mentais dos Jedi e dos Sith.

Essas forças fundamentais existiriam mesmo sem os midi-chlorians. No entanto, eles são os beneficiários de uma conexão de força atípica com todas as formas de energia física e psíquica. Como os midi-chlorians habitam as células vivas, o organismo hospedeiro é capaz de se basear nessa conexão. Midi-chlorians são endossimbiontes. Eles morrem quando seu hospedeito morre, e nenhum hospedeiro pode viver completamente livre de midi-chlorians.

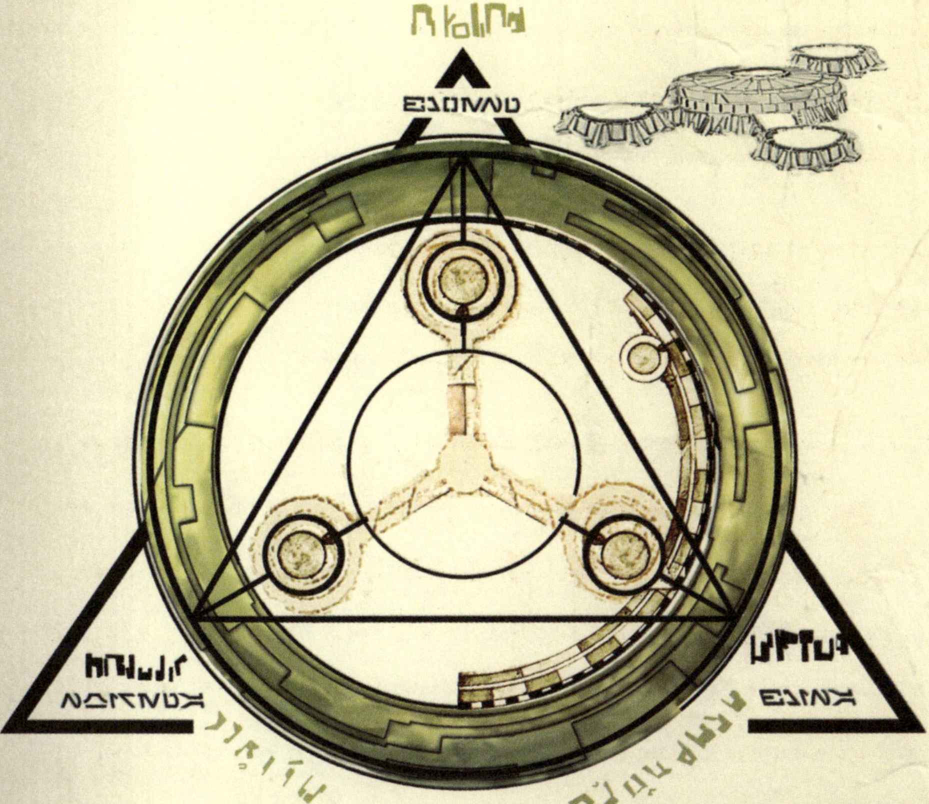

A biologia visível das células e seus midi-chlorians é produto das interações invisíveis entre aperion, anima e pneuma.

TODO O FOCO EM MIDI-CHLORIANS ESTÁ MALDIRECIONADO. ELES SÃO UMA LIÇÃO NATURAL DE SIMBIOSE. QUANDO ESCUTAMOS AS MENORES CRIATURAS, ELAS NOS ABREM PARA A EXPANSÃO DA FORÇA. APENAS UM SITH BUSCARIA DESMANTELAR UMA RELAÇÃO QUE BENEFICIA AMBAS AS PARTES.

—LUKE

Todas as coisas vivas, não importa seu planeta de origem, parecem possuir midi-chlorians ou estruturas biológicas complementares. As razões desse isomorfismo são desconhecidas. Mas os resultados das minhas experiências em abiogênese deslocaram meu atual foco de maneira significante. É de considerável interesse o fato de que, enquanto a maioria das organelas celulares gera energia química, midi-chlorians geram energia da Força. Eles também parecem possuir uma consciência unificada conectada via pneuma e podem ser influenciados pelo estado mental do hospedeiro. Em particular, emoções negativas, como a perda de esperança, podem induzir à necrose celular.

A concentração sanguínea típica é de cerca de 2.500 midi-chlorians por célula. Cortar essa quantidade pela metade em geral leva à morte. Concluo que a energia da Força é requisito para a vida e que midi-chlorians são seu vetor biológico.

Jedi e Sith têm alta contagem de midi-chlorians já ao nascer. A reprodução entre pais sensíveis à Força é uma opção, já que o acasalamento em geral resulta em uma prole sensível à Força. Por outro lado, defeitos genéticos têm sido uma preocupação desde a endogamia entre a realeza de Vjun durante sua busca ensandecida por poderes extraordinários. Uma simples transfusão de sangue é a resposta óbvia, mas descobri que os midi-chlorians nativos de alguém rejeitam o influxo de células alheias.

As escrituras do meu Mestre traem seu foco estreito. Em sua obsessão em desvendar os segredos da vida, ele se mostrou cego para ameaças imediatas.

Vida Eterna...

A solução, portanto, não é introduzir novos midi-chlorians, mas impor a determinação de alguém aos midi-chlorians já presentes. Isso pode ser feito através da energia do pneuma. Da mesma maneira que um guerreiro no auge da forma pode levantar um peso pesado, alguém com foco mental afiado e uma afinidade com a Força pode alcançar efeitos mensuráveis em células vivas.

Comecei com experiências em scurriers e outras criaturas pequenas. Usei minha determinação, ampliada através do midi-chlorians do meu próprio corpo, para controlar a voz dos sujeitos com menor concentração de midi-chlorians durante o teste. Foi mais desafiador do que eu previa. Como os midi-chlorians estão ligados por uma mente universal, os que estavam nas minhas próprias células pareciam resistir à imposição sobre seus pares. Mas obtive êxito, afinal, primeiro com criaturas pequenas, depois com escravos comprados dos Hutts. Forcei midi-chlorians a ignorar seus ciclos de vida naturais. O que descobri foi que esses midi-chlorians não morreriam. Ao invés disso, eles passaram a se sustentar de energia da Força, que agiu em nível microscópico para impedir a degeneração dos tecidos de seu hospedeiro, dando fim ao envelhecimento e à doença.

Plagueis foi, de fato, o primeiro a influenciar midi-chlorians a criar vida. Não entendi seu trabalho, mas me sinto feliz em tirar vantagem de seus resultados. Meus cientistas Shi'ido criaram mutantes fascinantes.

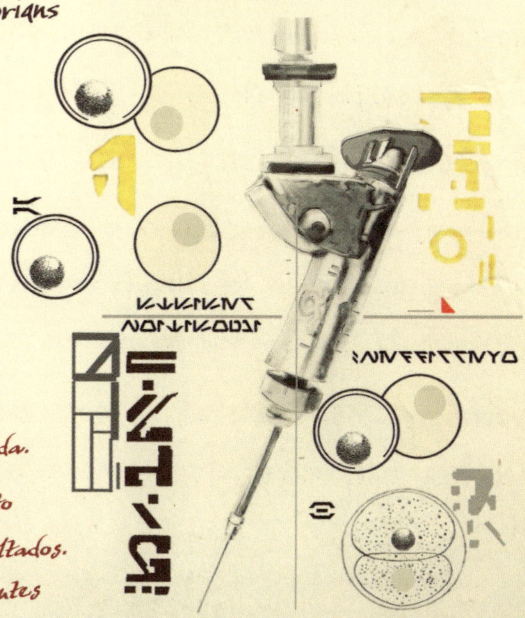

Eu guio nanosseringas com impulsos microscópicos da Força.

Concentrando a Força

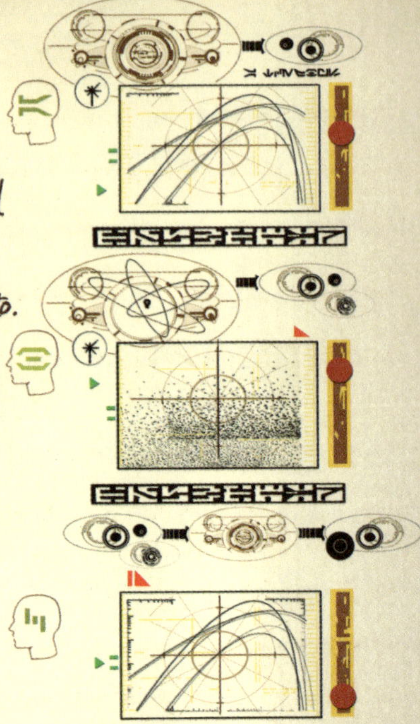

Minhas experiências provaram que midi-chlorians podem ser controlados. Se isso é verdade, então não poderiam também ser induzidos a criar vida em nível unicelular? Midi-chlorians nas células de uma mãe poderiam, em teoria, ser persuadidos a criar um zigoto.

Para ter consistência nos testes, obtive centenas de humanoides idênticos, todos com um nível consistente de midi-chlorians. Depois de muita experimentação, obtive êxito em incitar os midi-chlorians a se replicarem através de fissão assexuada. No entanto, na maioria dos casos, esse processo aumentou os números de modo descontrolado e matou o hospedeiro.

Milhares de sujeitos foram classificados e descartados durante os testes biológicos. Uma pena eu não ter podido usar mais, já que isso tornaria os dados mais conclusivos.

Mas acredito que, utilizando esse método, posso enganar os midi-chlorians para criar um zigoto. Seria, então, uma simples questão de desenvolver o indivíduo em condições biológicas normais. Claro que ele poderia levar anos para atingir os marcos de desenvolvimento de um humanoide típico, mas poderia ter uma contagem alta de midi-chlorians de até 20.000 por célula. Isso é mais do que qualquer Jedi ou Sith na história registrada. Ainda que seja apenas teoria, tal conquista é intrigante.

Se uma vida nova pode ser criada onde não existia antes, os vivos poderiam sustentar seus corpos por tempo indeterminado. A ciência me conduziu a tais conclusões, mas esses segredos ainda devem ser guardados com extremo cuidado. Por enquanto, permanece apenas teoria.

NÃO CONSIGO EVITAR SENTIR UM ARREPIO AO LER ESSA DESCRIÇÃO DE PLAGUEIS, SABENDO QUE MEU PAI ERA CONHECIDO POR SUA ALTA CONTAGEM DE MIDI-CHLORIANS, SUPOSTAMENTE MAIS ALTA ATÉ QUE A DE YODA.

—LUKE

A Filosofia da Vida

Os segredos da imortalidade não são para seres comuns. Se todos conhecessem essas verdades, isso abalaria a estrutura da civilização. Não desejo viver em uma galáxia onde qualquer tolo pode perpetuar sua ignorância pela eternidade.

A vida não é mística. Como gás Tibanna ou cristais nova, a vida é um recurso a ser explorado. Ela é única no sentido de que aqueles que a possuem a consideram inestimável; todavia, no conjunto, ela é tão comum que, em termos funcionais, é sem valor. Bilhões de seres chegam à existência todos os dias e outros bilhões morrem. Devemos preservar apenas aqueles que fazem avanços nos nossos objetivos ou cujo trabalho é complementar ao nosso. Sob meu Grande Plano, essa lista incluirá aprendizes, pesquisadores e executivos corporativos que adoram crédito.

Mas a todos os outros seres deve ser permitido morrer. Eu não tomaria o controle de um airspeeder em direção a um gundark nem deixarei as massas sem conhecimento encarregadas de questões que importam. Eles estão muito contentes com suas breves vidas. Não saberiam o que fazer com o dom do tempo sem fim.

A imortalidade abre uma nova tática para o Grande Plano. Não preciso mais me preparar para a sucessão da Ordem Sith após a minha morte. Esquemas políticos e financeiros iniciados hoje podem levar, com certeza, décadas ou até séculos para se concretizar. Tais jogadas sutis são ideais para o Grande Mestre cuja paciência é infinita.

DURANTE A BATALHA DE MINDOR, ENCAREI A REALIDADE DE QUE TUDO NESSE UNIVERSO PERECE EM ALGUM MOMENTO. NINGUÉM QUER MORRER. MAS ESSA OBSESSÃO EM PROLONGAR A VIDA É EGOÍSTA. TODOS NÓS TEMOS NOSSO TEMPO. NADA DE BOM ADVÉM DE TENTAR BURLAR ISSO.

—LUKE

Uma pena. O conto de Darth Plagueis, o Sábio, se tornou uma tragédia. Parece que sustentar a vida não era o mesmo que se proteger de ferimentos. Ou de um acidente.

Novas Explorações na Força

Meu trabalho com midi-chlorians está enraizado no que a tradição costuma considerar a Força viva, ou aquelas energias ligadas ao anima e ao pneuma. A Força unificadora, ou aperion, não é necessária especificamente para a criação e a manipulação da vida, mas os midi-chlorians a canalizam de qualquer maneira. Enquanto olho para a Força sob uma nova luz, encontrei novas aplicações para esses estados onipresentes.

O aperion controla a coesão da matéria, dos átomos de um seixo a todos os planetas e gravidades do universo. Ele inclui a dimensão do tempo. Através do aperion, o espaço-tempo pode ser manipulado em grande escala – isso se um usuário canalizar energia suficiente através de seu conjunto de midi-chlorians enquanto mantém o foco e a precisão.

Acredito que um indivíduo poderia, em um instante, ir de um lugar a outro dobrando o espaço, não importando a distância. De modo similar, alguém poderia ser capaz de dobrar o tempo – não para deslocar um objeto físico temporariamente, mas para deslocar a consciência de alguém durante o fluir do tempo. Isso permitiria estudar todo o conhecimento através da história, mesmo os segredos gravados na Biblioteca de Silversisi, há muito tempo perdida.

SE ESSAS HABILIDADES SÃO POSSÍVEIS, ESTÃO ALÉM DAS MINHAS CAPACIDADES. OUVI QUE OS MONGES A-ING-TII PODEM TER A HABILIDADE DE DOBRAR O ESPAÇO.

–LUKE

O anima controla a vida, e é através desse estado que a cura pela Força é possível. Mas dividir a Força é algo raro. Dividir a Força é impulsionar a morte em grande escala de midi-chlorians de uma vítima – não o suficiente para matar, mas o suficiente para tirar os poderes de um Jedi. Talvez os Jedi do passado soubessem dessa proeza, mas, se sabiam, não entenderam seus fundamentos. Dividir a Força é o inverso do que fiz quando induzi os midi-chlorians a criar vida. É muito mais fácil de conseguir.

O pneuma controla a consciência. Através dele, estou convencido de que o padrão de energia que conhecemos como autoconsciência pode ser preservado e impresso uma segunda vez nos caminhos neurais de um cérebro diferente. Esse processo seria mais simples em um corpo clonado idêntico ao do próprio sujeito, mas, em tese, qualquer forma biológica avançada seria suficiente. Trocas de corpo dessa natureza são mais arriscadas do que simplesmente manter a vida de alguém através da manipulação de midi-chlorians. Em emergências terríveis, todavia, isso pode servir como um escape contra a extinção.

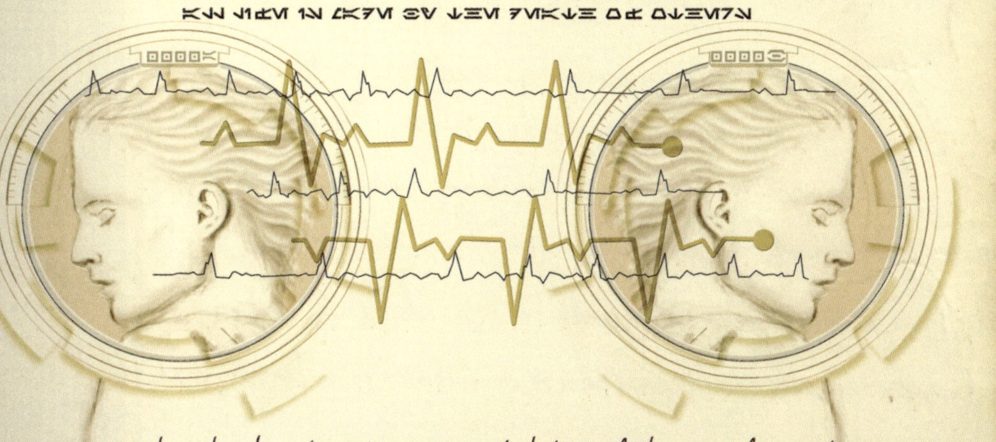

O corpo original e o clone hospedeiro. A estrutura cerebral idêntica facilita a transferência de pensamento.

Fico satisfeito que meu Mestre tenha começado este trabalho, já que isso é muito mais que um escape! O lado negro devasta a carne. Acredito que possa manter minha vida simplesmente transferindo-a para o corpo de um hospedeiro clonado.

Transcendendo a morte

O ato de transferir consciência entre corpos aborda um tema que ainda me causa problemas. Os padrões que definem cada mente podem ser armazenados no campo do pneuma, mas eles se degradam de maneira quase imediata se não são fixados em uma nova forma biológica. A velocidade dessa degradação é tão grande que parece tornar discutível a questão sobre vida após a morte. Ainda assim, eu sempre fui alguém que segue as evidências...

Estudei a arte da transferência negra, uma técnica depois aperfeiçoada pelo Jedi Ashka Boda, que torturei e matei.

Ordenei a produção de clones inertes de meu corpo. Um dia terei um fornecimento inesgotável de formas frescas e os meios de passar entre eles quando a carne se provar fraca.

Todos os seres temem a extinção. Todas as culturas escreveram fábulas para garantir a si mesmas que a morte não é o fim. Até os Jedi fazem isso. Através dos midi-chlorians, eles acreditam que têm uma conexão com as energias fundamentais do universo que outros não têm. Portanto, sinto-me relutante para renegar suas histórias rápido demais.

Diz-se que, durante a Grande Guerra Sith, os combatentes Jedi desapareceram no momento de suas mortes, com as células de seus corpos sublimando como energia. Tenha-se em mente que, ainda que eu tenha testemunhado mortes de Jedi, nunca testemunhei esse fenômeno.

Dizem que alguns desses Jedi retornaram à consciência pura, comunicando informações precisas e verificáveis para os vivos. Histórias de fantasmas são tão comuns que são risíveis, mas o pneuma me leva a crer que isso seja possível.

VI YODA, BEN E MEU PAI RETORNAREM DA MORTE. A FORÇA É UM LUGAR AGRADÁVEL, MUITO ALÉM DAS TENTATIVAS DE PLAGUEIS DE MEDI-LA E MINIMIZÁ-LA.

-LUKE

> BEN FALOU COMIGO SOBRE O MUNDO INFERIOR, E VI SEU ESPÍRITO COM O DE YODA E O DE MEU PAI. SEI EM MEU CORAÇÃO QUE TODOS ELES ENCONTRARAM A PAZ.
> —LUKE

O Mundo Inferior e o Caos

Ainda é um enigma a forma como padrões mentais persistem além de nossas mentes físicas. O pensamento se perde no acaso em menos de um minuto. Preservar a consciência por mais tempo que isso – e aparecer para outros no mundo físico enquanto se conservam os aspectos visual e auditivo – é uma façanha memorável, se for verdadeira. Li que os Guardiões do Conhecimento dos Whills aperfeiçoaram isso, mas os Whills continuam a ser um quebra-cabeça frustrante para aqueles que desejam saber mais sobre eles.

Uma coisa é clara: ainda que tal fenômeno, em tese, vá ao encontro da definição de vida após a morte, ele não é sobrenatural. Os prosaicos sempre atribuem suas próprias motivações a fenômenos independentes, inclusive aqueles que acreditam que a Força tem uma consciência e uma determinação. Na verdade, embora midi-chlorians compartilhem uma mente coletiva, a Força em si não teria a possibilidade de saber sobre ou se importar com o bem-estar da vida inteligente. Meu objetivo, portanto, é separar discernimento genuíno de hipérboles. Não sei como os Jedi do passado conquistaram o suposto milagre de conservar sua consciência após a morte, mas sei que não foi através de súplicas ou preces.

No entanto, o fato de as identidades de indivíduos serem absorvidas pelo pneuma no momento de suas mortes explica diversas lendas sobre o assunto. Os Jedi, por exemplo, falam do mundo inferior além da morte, um reino vago em detalhes, mas supostamente um lugar de extrema paz. De modo similar, o Caos é onde se acredita que Lordes Sith mortos permanecem atormentados. Pelo menos de acordo com a lenda, aqueles que são muito fracos para punir seus inimigos durante a vida serão forçados a conter seus rancores e viver no Caos, tramando, mas nunca sendo capazes de executar sua vingança.

A paz do mundo inferior? Ela pode ser facilmente entendida como a reação de uma mente que se encontra dissipando no zumbido da energia de fundo e aceita seu destino sem dor ou medo. Mentes menos inclinadas a aceitar a perda de identidade lutarão para manter sua capacidade de compreensão em ordem. Essas mentes mais fortes recuarão à medida que os cordões que a constituem são separados e perceberão sua iminente decomposição em Caos.

Imagino se meu Mestre conhecia a antiga lenda Naboo que fala de um reino chamado Caos, bloqueado por um sexteto de barreiras impenetráveis. Se o Caos existe, então é necessária uma mente determinada o bastante para superá-la e voltar à vida. Deixe os fracos terem paz.

Espíritos Sith

O conhecimento mais acessível com relação à vida após a morte é encontrado nos Holocrons dos Sith. De fato, diz-se que os Holocrons Sith contêm os espíritos de seus construtores e que esses espíritos interagem com os usuários como guardiões holográficos. Mas tudo isso é ilusionismo, uma inteligência artificial programável que usa o rosto de um lorde morto há tempos.

Mais interessantes são os contos dos fantasmas Sith que dizem assombrar tudo, das tumbas de Korriban às relíquias dentro do Grande Museu Galáctico de Coruscant. É possível que esses Mestres do lado negro tenham obtido êxito ao preservar suas consciências? Se sim, eles ainda podem ser questionados sobre seus segredos? Infelizmente, estive em Korriban e não estou convencido de que esses contos são verdadeiros.

QUALQUER UM QUE DESCONSIDERE A EXISTÊNCIA DE ESPÍRITOS SITH NUNCA LUTOU CONTRA UM. FORAM NECESSÁRIOS TODOS OS JEDI DA MINHA ACADEMIA PARA DERROTAR O ESPÍRITO DE EXAR KUN.

-LUKE

Os espíritos de Korriban são bem reais. Na verdade, em certa ocasião, eles quase me mataram. Mas concordo com meu Mestre sobre essa observação — os Lordes Negros são evasivos em seus discursos e, em última análise, traiçoeiros.

A Tumba de Hakagram Graush permaneceu em silêncio diante de minhas perguntas e o trono onde uma vez sentou Sorzus Syn não possuía nenhum espectro zombeteiro arrogante. Estava prestes a concluir que essas histórias são mera diversão para os crédulos, mas, quando embarquei em minha nave no Vale dos Lordes Negros, tive uma visão do Lorde Sith Marka Ragnos. A aparição questionou minha exigência do título Sith e protestou contra o meu plano de desmantelar as tradições de Korriban. Mas a visão de Ragnos não respondeu às minhas perguntas, tampouco as investigações que esbocei. Ele rosnou e desapareceu em um redemoinho de fumaça. É possível que todo o episódio tenha acontecido apenas na minha mente.

A ilusão de Marka Ragnos não foi capaz de oferecer provas de sua própria existência.

No entanto, há um espírito que me intrigaria de verdade, caso eu o encontrasse. Eu gostaria de perguntar a meu Mestre, Darth Tenebrous, sobre se ele anteviu que meu poder cresceria e se sabia que eu poderia destruí-lo em Bal'demnic. Imagino o que Tenebrous pensaria de tudo o que seu aprendiz conquistou desde aquele dia.

A Profecia do Escolhido

As crenças dos Jedi são expressas em rituais e histórias. A linguagem simples, de alguma forma, ilude aqueles que cresceram muito envolvidos em tradição.

Os Jedi aguardam a chegada de um salvador, um Escolhido profetizado que destruirá os Sith e trará equilíbrio para a Força. Os Jedi contam histórias de Mortis, um lugar de geografia impossível dentro dos ângulos de um monólito gigantesco. Os três seres todo-poderosos de Mortis podem assumir formas singulares e exemplificar o lado negro, o lado luminoso e o princípio do equilíbrio.

A lenda de Mortis inspirou muito folclore.

Persuasivo? É discutível, mas pelo menos uma forma adequada de ilustrar uma metáfora. O dia coexiste com a noite, por exemplo, e a construção sempre é seguida pela ruína. Ainda assim, muitos Jedi tratam a lenda de Mortis como verdade literal. Eles acreditam que o Escolhido impedirá que esses deuses e demônios dividam o universo – que seu herói será um receptáculo de pura energia da Força.

Voltamos, então, aos midi-chlorians. Esses organismos permitem que os seres vivam e forneçam conexão com a Força. Se multiplicados em quantidades suficientes, midi-chlorians podem até conceber uma nova forma de vida e conferir-lhe poderes maiores que qualquer Jedi jamais sonhou, gerando um ponto de convergência da Força.

Se eu induzir os midi-chlorians a criar este ser, meu trabalho manual se adequaria a todas as descrições do Escolhido. Mas ele seria um agente da minha vontade. Seria muito oportuno que essa confiança mal-orientada em superstições pudesse levar a uma criação Sith que seria aclamada pelos Jedi como um salvador.

Essa profecia nunca acontecerá. Sob meu reinado, os Sith manterão a autoridade para sempre.

PLAGUEIS COMETEU O ERRO DE ACREDITAR QUE, SE ALGUMA COISA NÃO É VERDADE LITERAL, ENTÃO NÃO TEM VALOR ALGUM. NÃO CONHEÇO BEM AS LENDAS JEDI, MAS O EQUILÍBRIO DA FORÇA É ALGO A SER ESTUDADO, NÃO IGNORADO.

–LUKE

A Culminação do Sith'ari

Os Sith também têm sua religião. Desde os tempos dos primitivos selvagens de Korriban, nossa Ordem foi sobrecarregada por rituais da mesma maneira que uma nave estelar acumula mynocks. Isso acaba comigo. Substituirei essas crenças com verdade, racionalidade e a regra do dotado.

Mesmo assim, a profecia do Sith'ari ainda desperta algum interesse. Em geral, profecias são meras vontades, mas, como os midi-chlorians têm a habilidade de tocar o aperion, qualquer movimento no espaço-tempo pode ser interpretado como uma antevisão. O fato de os Sith terem criado seu próprio mito do salvador é previsível, mas a profecia afirma que um ser surgirá livre de restrições e destruirá os Sith apenas para torná-los mais fortes que antes. Essas afirmações parecem coincidir perfeitamente com as ações que estou tomando agora.

Sou livre da obediência cega a símbolos e misticismos. Encerrarei as tradições impostas aos Sith através de sua história. Tenho revelado os segredos da vida e, ao fazer isso, possibilitarei planos de longo prazo que garantirão o domínio dos Sith por séculos. Não sou fruto de superstições. Mas se os robes do Sith'ari me servem, então, não vejo razão para não reivindicá-los.

Plagueis não conquistou esses objetivos porque não permaneceu forte. Que falta de visão para quem alegava ter conhecimentos profundos.

Relendo estas palavras quase vinte anos depois, eu deveria ter me movido mais rápido para silenciar o Senado. Aquele corpo desprezível se tornou uma fossa com uma arquibancada de simplórios.

PODER ABSOLUTO

Por Darth Sidious

As escrituras que recolhi neste volume aparecem em seus formatos originais. Muitos, fragmentos do que uma vez já foram trabalhos maiores, mas a preservação do que resta é menos importante que o reconhecimento de como eles conduziram minha nova visão da Ordem Sith. Os três livros seguintes — A Fraqueza dos Inferiores, O Livro da Raiva e A Manipulação da Vida — mostram como conquistei o poder absoluto, como devo mantê-lo através da atuação do meu Império Galáctico e como remodelarei a galáxia através das eras por vir.

Tão simples no conceito, ainda assim estou sujeito à incompetência dos outros. Con o que meus comandantes sufocarão os dissidentes, mas eles têm feito cada vez mais barulho. Se eu não tivesse previsto meu triunfo eterno, poderia estar encrencado.

A FRAQUEZA DOS INFERIORES

O Império apenas começou a ser construído. Mas seu alicerce é a raiva do lado negro. Ainda que súditos desatentos não saibam nada dessa majestade sombria, o verdadeiro poder do Império se origina de seu Imperador. As promessas feitas pela Regra de Dois foram cumpridas. Os Sith foram trazidos à glória e os Jedi, à destruição.

Como Darth Bane e Mãe Talzin sabiam, a fraqueza dos inferiores é evidente por si só. Os fracos não entendem a Força. Eles são ignorantes e não têm poder, mas ainda podem ser explorados por lucro. Nenhum governante pode gerenciar uma entidade tão complexa como a galáxia povoada sem saber como manipular os outros.

O medo é a fagulha que conduziu minha marcha ao poder. Mesmo agora, ele é o combustível das engrenagens do Império. Os fracos devem ser treinados para temer as consequências da traição. Devem temer que a lealdade de seu vizinho seja maior que a deles. Os ansiosos irão precipitar-se no nacionalismo histérico sem questionar. Os fracos vivem sob o terror de serem julgados por seus fracassos e de serem expostos — de que serão punidos. É uma crença que não deve ser desencorajada.

PALPATINE ESTAVA ERRADO. AQUELES QUE VIVEM SOB O MEDO MAL PODEM ESPERAR PARA SE LIVRAR DESSE JUGO. VI AS IMAGENS FEITAS APÓS A NOTÍCIA DA MORTE DO IMPERADOR EM ENDOR CHEGAR À NEWSNETS. A POPULAÇÃO DE CORUSCANT CELEBROU MAIS ALTO E POR MAIS TEMPO QUE QUALQUER OUTRA.
-LUKE

É enlouquecedor educar esta gentalha. Agora que o Império já tem quase uma geração de idade, meus governantes Imperiais devem ao menos entender o princípio da lei do medo, ainda que eu tivesse obtido maior sucesso tentando ensinar Aurebesh a um Gungan.

Coruscant sob meu governo. Darth Bane teve uma visão, mas eu verei a realidade.

A Falsa Guerra

O medo foi um componente necessário para destruir os Jedi e incinerar os vestígios putrefatos da República. Mas, primeiro, tive de criar esse medo — medo da revolução, da destruição e da morte. Tive de criar uma guerra em proporções gigantescas.

Meu aprendiz Conde Dookan reuniu sistemas estelares sob sua bandeira, inflamando paixões entre os cidadãos da Orla. Isso, decerto, aprofundou o medo dos residentes do Núcleo, que clamaram por proteção como gatinhos miando para sua mãe. O exército de clones que eu havia criado foi recebido com aplausos e alívio. E, então, começaram as Guerras Clônicas.

Não importou nem um pouco eu ter ditado as ordens

Sem saber, Separatistas e Soldados Republicanos estavam sobre um tabuleiro de dejarik. Controlei o conflito e seu desfecho.

aos separatistas por intermédio do meu aprendiz. Nem o fato de que cada vitória da República tenha sido seguida por uma derrota planejada com cuidado. Os benefícios da falsa guerra foram incontáveis. Do exército de clones vieram uma frota de batalha e um arsenal de novas armas de guerra mecanizadas. Da noite para o dia, a República tinha um esquadrão militar de elite que jurou lealdade ao Chanceler Supremo. Os Senadores temeram que, se fossem taxados de desleais, se tornariam inelegíveis; então, apoiaram as medidas para desmantelar quaisquer dificuldades ao poder centralizado. Em oposição, a Federação do Comércio, a Guilda Comercial e outros conglomerados corporativos se uniram para defender seus lucros. Sem saber, deram sua lealdade aos Sith.

Os Jedi não queriam guerra, mas não tinham muita escolha. Precisavam lutar para evitar o escárnio público. Lá nas linhas de frente, minha guerra atacou os inimigos e estilhaçou o moral deles até que estivessem à beira do lado negro. Os Jedi nunca foram os verdadeiros heróis. Cuidei disso manipulando a HoloNet. A população foi levada a temer a arrogância e o estranho poder dos Jedi. Através da criação de notícias, os clone troopers e seu nobre chanceler se tornaram heróis destemidos da República.

Quando chegou o momento de os Jedi serem eliminados, o público não lamentou por eles. Quando o Senado soube que os Jedi haviam tentado um golpe e precisavam ser exterminados, eles responderam com certeza absoluta. E, quando as pessoas viram a fumaça saindo do Templo Jedi, sentiram-se aliviadas.

POR MAIS QUE EU ESTEJA LENDO AS PALAVRAS DO PRÓPRIO PALPATINE, AINDA NÃO CONSIGO ACREDITAR NESSA VERSÃO. DE ACORDO COM TODOS OS REGISTROS HISTÓRICOS QUE JÁ VI, AS FACÇÕES ENVOLVIDAS NAS GUERRAS CLÔNICAS NÃO TINHAM A MENOR IDEIA DE SEU PLANO DIRETOR.

-LUKE

Os Burocratas Úteis

Meu Mestre, Darth Plagueis, desenvolveu uma obsessão por midi-chlorians, negligenciando seu maior talento — manipular as cordas que impedem que a galáxia se degenere em anarquia. Como uma figura-chave no Clã Bancário InterGaláctico, ele era visto com bons olhos pelos líderes de negócios e políticos que formavam toda a galáxia — ainda que, com todo esse poder, cidadãos comuns não fossem capazes de identificar nenhum deles.

Controlar esse comitê diretivo invisível é vital para o governo do Império, já que suas fortunas estão atreladas ao sucesso do regime. As entidades corporativas, o Senado, a HoloNet e os militares estão sob meu controle. A perda de qualquer um enfraqueceria minha autoridade.

Existem, é claro, membros não mencionados desse comitê. Nada poderia ser realizado sem o apoio tácito dos lordes dos crimes insignificantes. Os principais são os cartéis Hutt, a Rede de Espionagem Bothan, o sindicato do submundo Sol Negro e a Guilda dos Caçadores de Recompensas. Esses grupos não são diferentes em nenhuma medida dos banqueiros e dos comerciantes. Eles permanecerão contentes enquanto os lucros forem grandes. Mas o medo deve ser alimentado de tempos em tempos. Eles devem ser lembrados de que fazer negócios com Rebeldes e revoltosos leva à punição e à ruína financeira.

As famílias militares do Núcleo têm influência sobre seus setores e há tempos anseiam por um controle forte no topo. Ainda que as Guerras Clônicas tenham terminado, não ouvi rumores de ninguém querendo desmantelar nossos exércitos. Vou fortificar o Império Galáctico e minha autoridade com a maior força que a galáxia já viu.

Caças estelares TIE ecoarão pelos céus ao mesmo tempo que stormtroopers e walkers

O amor ao dinheiro parece ser mais forte que o medo da morte. Alguns desses traidores quebraram acordos para armar os Rebeldes. Quando elimino um executivo, é muito provável que o substituto cometa o mesmo erro.

Desde que registrei esses pensamentos pela primeira vez, passei a desprezar Caçadores de Recompensas. Bobba Fett e outros como ele podem ser imprevisíveis ao ponto de irritar. Mas Conde Dookan e Lorde Vader fizeram uso inteligente desses bandidos.

blindados perseguirão dissidentes de qualquer planeta que resistam a se submeter ao meu governo. Destroiers Estelares Imperiais orbitarão sobre centros populacionais, aguardando ordens para abrir fogo caso seus líderes não consigam ver os benefícios de se tornar posse do Império.

Por fim, a minha Estrela da Morte será a estação de batalha definitiva e a personificação do medo. Sua arma despedaçará planetas e cessará com qualquer vontade que alguém tenha através da galáxia. Quando completa, a Estrela da Morte significará o fim das ameaças insignificantes das rebeliões e dos protestos organizados.

O designer foi torturado e os arquitetos executados. Tarkin foi sortudo de ter morrido com os outros comandantes quando a Estrela da Morte explodiu. Ele era ambicioso demais, e seus dias estavam contados.

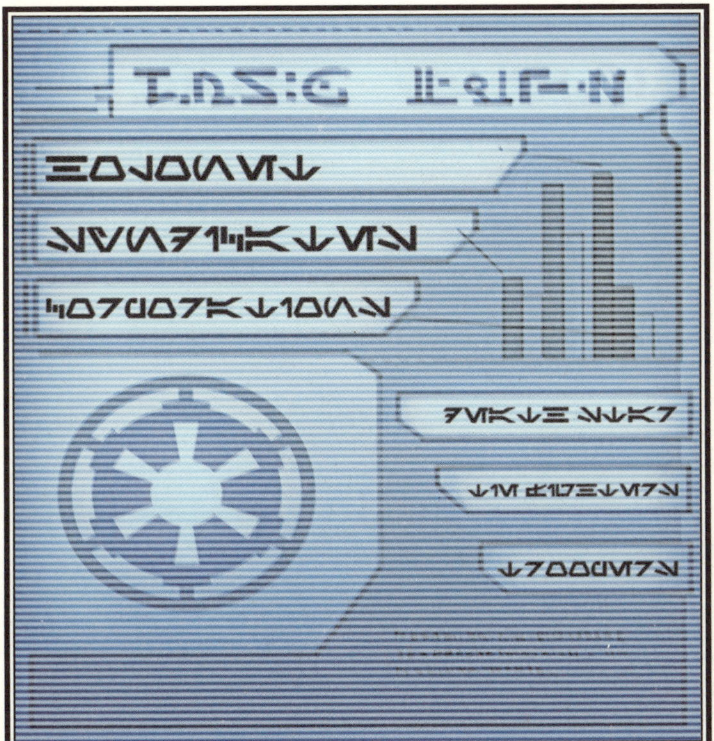

Com a HoloNet, os sindicatos e as corporações em minhas mãos, posso ditar qualquer verdade à minha escolha. Aqueles que ainda resistem se renderão quando confrontados com meu poderio militar.

Pode ter sido eu a fazer o disparo, mas a própria Força queria livrar a galáxia da Estrela da Morte. Ela era encarnação de tudo o que há de errado no lado negro.
—Luke

Esconder-se à Vista

A galáxia está livre dos Jedi, e os cidadãos se regozijam. Portanto, seria tolice substituir o regime deles com um sistema idêntico liderado pelos Sith, ao menos publicamente.

Os fracos não entendem a Força. Eles veneram aqueles que parecem ser gente ordinária como eles próprios e celebraram a notícia de que um velho homem resoluto sobrevivera a uma tentativa de assassinato Jedi. Em Palpatine, um Senador ordinário de Naboo, eles veem um modelo de conquista humana.

Meu aprendiz e outros agentes sob minhas ordens são encarnações assustadoras do lado negro. O mero rumor de suas presenças é suficiente para intimidar cidadãos a serem obedientes. Mas esses mesmos cidadãos não devem saber que um Lorde Sith construiu o Império Galáctico até que seja tarde demais.

Os de mente fraca veem o que desejam. Eles são cúmplices de sua própria fraude.

Mas essa verdade oculta não diminui meu triunfo de modo algum. Os Sith operam há tempos nas sombras e a espera de mil anos de Darth Bane se encerrou. Os Sith conseguiram sua vingança. A galáxia aplaude o Império, e os débeis mentais não merecem compreender as nossas verdadeiras origens.

Como Darth Bane e meu Mestre antes de mim, afiei as ferramentas da fraude. Darth Bane se manteve discreto, mas foi Darth Plagueis, como a face pública do Clã Bancário InterGaláctico, quem moldou as economias de regiões inteiras.

Na verdade, todos usam máscaras. Ao falar com terceiros, uma falsa personalidade pode encantar, seduzir ou amedrontar. Um Sith sabe que todas as interações são mascaradas. Não é nenhuma grande dificuldade vestir diversas máscaras quando a situação o exige.

Todos os seres querem dar sentido às suas realidades, mas nenhum deles deseja pensar com muita profundidade. Eles gravitam em direção a palavras que confirmam suas suspeitas.

Durante as minhas décadas como Embaixador, Senador e Chanceler Supremo, não encontrei exceção a essa regra nenhuma vez. Era verdade quando lembrei o Senado da necessidade de poderes bélicos, ou sentado diante do Mestre Yoda e convencendo-o a enviar mais Cavaleiros Jedi ao caminho da dor. Ninguém suspeitou da duplicidade da minha identidade. Na verdade, os Jedi estavam tão convencidos de seu discernimento superior que foram os mais fáceis de enganar.

Com essa os Sith nos enganaram de forma monumental quando nós, Jedi, estávamos no auge de poder... Vamos apenas dizer que estou mantendo meus olhos abertos para problemas.

–Luke

Os propagandistas de Palpatine trabalharam tão bem que muitas pessoas nascidas durante os tempos negros acreditavam que os Jedi eram um mito.

–Luke

O LIVRO DA RAIVA

Através dos princípios da raiva, estruturarei e manterei meu Império. As escrituras de Darth Malgus confirmam que a raiva, combinada com a determinação, é a chave para o poder. Quando a raiva se intensifica em fúria, não cessa mais. Malgus se submetia por completo ao lado negro, e fazer isso o tornou um guerreiro exemplar. Suas façanhas no campo de batalha nunca foram igualadas.

A raiva pode ser canalizada através do corpo e liberada perto do coração, no "portão vital". A destruição que pode ser lançada por esse método é imensa. Milhares de inimigos podem ser aniquilados em um único ato maligno.

Com o tempo, a raiva canalizada do lado negro se demonstrará tão destrutiva quanto a Estrela da Morte. Não existirá mais a necessidade de construções dispendiosas. Já aperfeiçoei o turbilhão da Força, que cria uma esfera invulnerável de energia para bloquear ataques enquanto bombardeia os inimigos com estilhaços e depois os eletrifica com raios.

Essa técnica pode ser ampliada para uma Tempestade da Força. A agitação da massa de energia de uma Tempestade da Força pode consumir tudo o que toca, já que em seu olho há ódio puro. Assim como um buraco negro devora uma estrela,

Uma das Tempestades da Força do Imperador destruiu a base da Aliança na lua de Da Soocha e toda a frota sobre ela. Todos os dias eu penso em como somos sortudos de Palpatine estar perdido no caos para sempre. -Luke

Malgus utilizou o Turbilhão da Força para aniquilar os não preparados.

Muito progresso foi feito desde o tempo dessa escritura. As espécies mestiças de Coruscant foram cercadas nos Setores Invisíveis, e eu revoguei a proibição à escravidão na República.

essa tempestade pode engolir exércitos e dobrar o espaço. Pode levar décadas para eu dominar essa arte, mas, quando conseguir, serei invencível.

A raiva tem mais usos que a força pessoal. Um governante forte sabe que o medo pode manter a plebe na linha, mas a raiva pode enfraquecer os inimigos.

De fato, meus súditos me temem, mas esse medo conduzirá à raiva. E a raiva fortalecerá meu Império. No entanto, a raiva direcionada à autoridade é perigosa. Ela deve ser canalizada para indivíduos mais fracos. Ao encorajar o medo do exótico e do incomum, pode-se fortalecer um regime. O Império tem uniformidade em seus símbolos e sua ideologia, o que torna mais fácil constranger aqueles que não lhe pertencem e torná-los objeto da fúria da galáxia.

As espécies alienígenas da República são os alvos mais simples. A maioria dos humanos do Núcleo já vê com desprezo ter de encarar seus muitos olhos ou escutar suas línguas com cliques e zumbidos. Os humanos odeiam seus costumes selvagens e seu fedor ácido. Coruscant é um caldeirão fervilhante de espécies, mas os humanos são de longe mais numerosos que qualquer outra espécie. É o lugar ideal para plantar as sementes da desconfiança — inculcar a ideia de que aqueles que não se adaptam são inimigos, e inimigos devem ser destruídos. Tornando os que não têm poder um alvo, as pessoas não ameaçarão quem está no poder. Pelo contrário: o governante será venerado como um herói por expor os fracos.

Meu Bureau de Segurança Imperial dá início aos rumores, mas eles se espalham por conta própria...

ESSE FOI UM DOS LEGADOS MAIS DANOSOS DE PALPATINE. COMO VISTO DURANTE O INCIDENTE NA MÃO DE THRAWN E INCONTÁVEIS VEZES DESDE ENTÃO, A DESCONFIANÇA DE FORASTEIROS É UMA GRANADA PRONTA PARA EXPLODIR PELO MENOR DOS MOTIVOS.
—LUKE

Assim como Bane instituiu a Regra de Dois, eu iniciarei a Regra de Um. Os Sith agora serão sustentados por um — um deterá o poder, e outros, talentosos na Força, executarão minha determinação como agentes do lado negro.

Muito embora a Ordem Jedi tenha sido destruída, muitos

sensíveis à Força sobreviveram. Aqueles que ainda conservam a crença de que existe virtude na "paz" — ou em se fechar para os sentimentos — serão forçados a se conformar. Eles devem ver o valor nos caminhos da escuridão.

Liberar a raiva deles é fundamental para trazê-los para o meu rebanho, bem como para que entendam melhor o lado negro. Pois é na raiva que usuários da Força são mais fortes. Uma vez despertada, essa emoção pode converter idealistas em escravos. Mesmo aqueles com as paixões de brilho mais ardente — aqueles que juram resistir até seu último suspiro — podem ser arruinados em três passos simples.

Primeiro, eles devem ser tentados. Os obstinados sempre têm algo que desejam ou que possuem e temem perder. Eles verão que agir para proteger esse item é nobre. Ao encorajar essa ilusão, uma marionete é criada.

Segundo, as marionetes devem ser testadas. Ao criar perigo imediato ou colocar o que desejam ou possuem em risco, eles serão forçados a tomar uma decisão. Enlouquecidos pelo medo e pelo mero pensamento de perder o que amam, farão qualquer coisa que lhes seja exigida, apenas para preservar aquilo que mais estimam.

Terceiro, eles devem ser forçados a se submeter. Chegará o momento em que irão longe demais. Em pânico ou com medo, eles machucarão alguém ou cometerão crimes de um modo que o mundo exterior nunca os perdoaria. Após esse momento, não há como voltar do lado negro. Alguns dos que foram iludidos decidem por encerrar a própria vida. A maioria, no entanto, aceitará o papel de novo guerreiro do lado negro. Uma vida terminou e uma melhor começou.

Com o decreto da nova Regra de Um, estarei livre para alistar uma multidão de seguidores do lado negro. Esses mímicos talentosos serão treinados para replicar um conjunto limitado das minhas habilidades sem nunca

MEU PAI QUEBROU ESSE CICLO COM SEU ATO FINAL — EXPIAÇÃO. AO DESTRUIR PALPATINE, ELE RESTAUROU O EQUILÍBRIO DA FORÇA. —LUKE

O Grande Inquisidor Torbin é o último desses tolos a perecer. Uma bomba? Uma batida de speeder? AFOGAMENTO? Na morte, meus Inquisidores estão zombando da infalibilidade de seu Império.

tomar sequer uma fração da minha autoridade.

Os Inquisidores são um exército da Inteligência Imperial encarregados de extrair informação através de tortura. Os mais efetivos servirão como Grandes Inquisidores, e os melhores deles serão selecionados como Mãos do Imperador. Esses agentes de elite serão escolhidos a dedo pela lealdade e pela discrição. Serão aplicadores invisíveis de minha vasta dominação em toda a amplitude.

A Guarda Real de robe vermelho me protegerá daqueles que se considerarem dignos de uma audiência com seu Imperador. Dentro de suas fileiras, uns poucos que tiverem contato com a Força integrarão uma unidade guerreira especializada chamada Guarda Sombra.

Os Padawans capturados e sobreviventes do Corpo de Serviço Jedi são menos dotados da Força, mas eles me servirão mesmo assim como Adeptos do Lado Negro. Até que eu tenha uso para eles, deverão permanecer em Byss, onde sua conexão com a Força intensificará a crescente ligação do planeta como potência do lado negro.

MEU CORAÇÃO DÓI PELOS USUÁRIOS DA FORÇA QUE VIVERAM DURANTE OS TEMPOS NEGROS DE PALPATINE. ASSUMIREM SEUS DONS SIGNIFICAVA SERVIR A UM MONSTRO. POR SORTE, ALGUNS DELES, COMO MARA, ACHARAM UM NOVO CAMINHO.
-LUKE

Os Mãos do Imperador são meus agentes primários, seguidos pelo Guardas Sombra e, então, pelas fileiras de Inquisidores.

A MANIPULAÇÃO DA VIDA

Desde que escrevi essas palavras, melhorei muito a arte da alquimia Sith. Sob a luz dos meus novos triunfos, um título melhor para esse livro seria "A Criação de Monstros".

O futuro do meu Império está baseado nos mistérios da vida — como controlá-los para que meu reino nunca se acabe. E como retorcê-lo para criar colossos que obedecerão ao meu comando. Nem mesmo a natureza poderá ficar no meu caminho.

Dominei as artes do lado negro da fraude, do medo e da raiva, mas a Ciência da Escuridão representada pelos escritos de Sorzus Syn e Darth Plagueis está aberta a exploração. É impressionante como as filosofias dos dois autores não poderiam ser mais opostas.

Ambos os Lordes Sith entenderam que coisas vivas não são especiais. Elas são um recurso a ser explorado e moldado pelos poderosos. Através do lado negro, posso criar muitas novas formas.

A alquimia desenvolvida por Syn está sendo aperfeiçoada em Byss, onde meus Adeptos do Lado Negro unem suas potentes habilidades para poder deformar a vida em larga escala. Os meus chrysalides monstruosos, com suas impressionantes presas de metal perfurante, guardam as muralhas da minha Fortaleza. Meus sentinelas Imperiais mudos estão a postos ao lado do meu trono, suas mentes aniquiladas e vontades escravizadas são evidências claras de que o lado negro pode manipular clones para qualquer propósito imaginável. Embora a alquimia possa criar seres perfeitos, incluí pontos fracos em todas essas criações. As falhas são mínimas e conhecidas apenas por mim. Nenhuma criatura deve ser mais forte que seu criador.

Essas experiências conduzirão a feitos maiores — oportunidades para eu criar novos seres com meu próprio projeto. O que, então, me separará dos deuses da mitologia de Naboo?

A filosofia da criação de monstros é aplicável aos elementos mais fundamentais da vida. O foco de Darth Plagueis nos midi-chlorians foi bastante limitado, mas ele estava correto sobre muitas coisas.

Meu Império, aparentemente tão perfeito, por vezes se provou enfurecedor em sua implementação em razão da preguiça e da estupidez dos meus subordinados. Mesmo Vader, minha obra-prima menor, é, com frequência, fraco e indeciso. É uma sorte que eu tenha uma eternidade para viver além de seus erros.

O Império Galáctico é criação minha. Gerações inteiras viverão e morrerão sob meu governo.

Nenhum Sith nunca se importou de verdade com outro ser. Entendo que o chamariz do poder individual é sedutor, mas seguir os Sith é desistir dos outros. É a morte da esperança. Às vezes, eu me pergunto como eles conseguem um seguidor que seja. —Luke

O lado negro consome o corpo físico — do mesmo modo que o meu foi deformado após a tentativa de assassinato por parte dos Jedi —, mas a mente pode ser preservada. Através da arte da transferência negra, logo me transferirei para um corpo mais jovem clonado de minhas próprias células.

Eu atingirei a imortalidade. Mesmo se eu for morto, retornarei do caos dos não seres à vida física restaurada. Isso, nem meu Mestre conseguiu conquistar. Eu soube disso quando interrompi sua respiração e vi a luz desaparecer de seus olhos. Ele buscou o segredo da vida, viver para sempre, mas eu tirei sua vida. Eu sou o último Sith que resta.

Através das eras, os Sith predisseram um ser que destruiria a Ordem e a reconstruiria mais forte que antes. Eu não me importo com velhas profecias. A aprovação dos mortos é insignificante. Ainda assim, é claro que o *Sith'ari* não poderia ser outro senão eu.

A idade Imperial começou. Tenho séculos para teorizar sobre as minhas filosofias. Ainda assim, todo o conhecimento flui das escrituras do lado negro reunidas aqui. Que estas páginas marquem o início do primeiro *Livro dos Sith*.

Livro dos Sith: Segredos do lado negro é produzido por becker&mayer!
11120 NE 33rd Place, Suite 101
Bellevue, Washington 98004
www.beckermayer.com

Editora: Delia Greve
Designer: Rosanna Brockley
Coordenação de produção: Jen Marx

Lucasfilm Ltd.
Editor-executivo: J. W. Rinzler
Diretor de arte: Troy Alders
Guardião do Holocron: Leland Chee
Diretor de publicação: Carol Roeder
www.starwars.com

Impresso na China

Textos e anotações escritos por Daniel Wallace
Ilustrações por: Paul Allan Ballard: pp. 131—142; Jeff Carlisle: pp. 50—64; Chris Reiff: pp. 79, 81, 85, 88 e 89; Chris Trevas: pp. 67—77; Russell Walks: pp. 99—127; Terryl Whitlatch: pp 36—39; e Aristia/Hive Studios: pp. 11—34, 40—43, 80, 82, 84, 86, 91—96, 145—159.

Editoração: FA Studio

Cip-Brasil. Catalogação na publicação
Sindicato Nacional dos Editores de Livros. RJ

W179L Wallace, Daniel, 1959-
Livro dos Sith : segredos do lado negro / Daniel Wallace ; tradução Raquel Novaes. — 3. ed. — Rio de Janeiro : Bertrand Brasil, 2016.
160 p. : il. ; 21 cm.

Tradução de: Book of Sith : secrets from the dark side
ISBN 978-85-286-1793-1

1. Ficção americana. I. Novaes, Raquel. II. Título.

CDD: 813
13-03666 CDU: 821.111(73)-3

Rua Argentina, 171 – 2º andar – São Cristóvão
20921-380 – Rio de Janeiro – RJ
Tel.: (0xx21) 2585-2070 – Fax: (0xx21) 2585-2087

Atendimento e venda direta ao leitor:
mdireto@record.com.br ou (0xx21) 2585-2002